exlibris
Thomas Lange

Léo Malet

Das Leben ist zum Kotzen

Schwarze Trilogie 1

Aus dem Französischen
von Sarah Baumfelder und
Thomas Mittelstädt

Publiziert bei
Nautilus / Nemo Press

Editorische Notiz: Léo Malet, geboren 1909, Anarchist, Surrealist, Chansonnier, Verfasser von ca. 50 Kriminalromanen, veröffentlichte 1943 *120, rue de la gare* als ersten der berühmten Nestor-Burma-Krimis. 1947/48 schrieb er die *Schwarze Trilogie,* die mit ihren surrealistischen Einflüssen eine Sonderstellung in der Krimi-Literatur einnimmt. Malet erhielt für seine Kriminalstories drei Preise, vier seiner Bücher wurden verfilmt. Malet lebt heute in Paris.

Das Leben ist zum Kotzen ist der 1. Band der *Schwarzen Trilogie.* Er wurde 1948 erstveröffentlicht bei S.E.P.E., im selben Jahr bei Editions du Scorpion, 1969 im Sammelband *Trilogie Noire* bei Losfeld, alle Verlage in Paris.

Die beiden anderen Bände der Trilogie erscheinen auf deutsch unter dem Titel *Die Sonne scheint nicht für uns* (Band 2) und *Angst im Bauch* (Band 3).

Originaltitel: La vie est dégueulasse.
Redaktion: Wolfgang Bortlik, Aarau.
Umschlaggestaltung: Hanno, Paris.

Nautilus/Nemo Press verlegt von Hanna Mittelstädt
Hassestr. 22 – 2050 Hamburg 80

1. Auflage 1988. ISBN 3-922513-48-4
Printed in Germany

Léo Malet und sein Lieblingsmodell, 1975.

VORBEMERKUNG DES VERFASSERS (1948)

Bevor der Leser sich in die Geschichte vertieft, möchte der Verfasser klarstellen, daß er sich, indem er einen modernen Roman der Schwarzen Serie veröffentlicht, keineswegs einer Mode unterwirft.

J'arbre comme cadavre *(Ich eiche wie eine Leiche), ein vor knapp zehn Jahren erschienener Gedichtband, weist schon allein durch seinen Titel auf besondere Fragestellungen hin, die dem Tagesgeschmack von 1947/48 – nicht ohne Grund – fremd sind. Dazu kommen noch andere poetische Texte, die zwar weniger bedeutungsschwangere Titel haben, zu denen der Autor aber durch den Unteroffizier Bertrand*, den erstaunlichen Nekrophilen, und Eugen Weidmann**, den sentimentalen Mörder der „La Voulzie" inspiriert wurde.*

Es wird dem Leser also möglich sein, diese beiden psychokriminellen Berühmtheiten – sowie gewisse „Expropriateure" wie die individualistischen Anarchisten der Bonnot-Bande – in der Hauptfigur von Das Leben ist zum Kotzen *wiederzuerkennen: Jean, dieser Tristan im schwarzen Gewand, dieser Tristan ohne Isolde, der über einen Abgrund von Grausamkeit und Zärtlichkeit und über knatternde Maschinenpistolen hinweg die blutrot-schwarze Fahne der sexuellen Unruhe hißt.*

* *damals bekannter Nekrophiler des 19. Jahrhunderts*

** *1908 in Frankfurt geboren, beging seit 1937 von der Villa „La Voulzie" in einem Pariser Vorort aus sechs Raubmorde und wurde 1939 in der letzten öffentlichen Hinrichtung geköpft.*

„Von da an war mein Leben ein langer Selbstmord"
LACENAIRE

I
AKTION

Wir waren gerade an den hohen Schornsteinen, die widerlichen, schwarzen Rauch ausspuckten, vorbeigefahren, als ich Alberts nackten Arm antippte, um ihm anzudeuten, daß wir bald da wären. Eine völlig überflüssige Geste, denn er kannte die Gegend, die wir vor Tagen zusammen ausgekundschaftet hatten, genauso gut wie ich. Zu dieser Morgenstunde lag sie ziemlich verlassen da.

Ich ließ Albert anhalten, und er fuhr kurz vor der nächsten Querstraße an den Bürgersteig des Boulevards. An der Ecke war eine Fleischerei. Ihre geschlossenen, gelben Vorhänge hatten unten eine Zierborte, und in der Mitte stand in verblaßten blauen Buchstaben: Lebensmittel – Erste Wahl. Es erinnerte mich an ein Kaspertheater. Und das wiederum fand ich keinen schlechten Witz, denn genau da mußten die Kasperfiguren vorbeikommen. Alles war bereit für die große Vorstellung, und es würde viel zu lachen geben. Ich gönnte mir auch gleich einen Vorschuß und kicherte in mich hinein, obwohl es im Augenblick nichts zu lachen gab. Aber ich galt nun mal als ausgemachter Schelm, und bei dem Gedanken an den ausgewählt humorvollen Theatercoup, mit dem wir die Bevölkerung in Kürze beglücken würden, grinste ich.

Albert ließ den Motor laufen. Seine Finger trommelten im Rhythmus der Zylinder auf das Lenkrad. Er trug ein Unterhemd, das Hals und Arme weitgehend frei ließ. Es sah eigenartig aus, diese nackten Arme mit den Handschuhen. Klein, stämmig, mit zusammengewachsenen dicken Augenbrauen war er intellektuell keine große Leuchte, besaß aber einen kostbaren Sinn für das Mechanische. Ein Auto und er, das war eine einzige Maschine. Er war eine Art moderner Zentaur, allerdings einer ohne Pferdefuß.

Ich öffnete die Tür einen Spalt, blieb aber sitzen. Im Schatten des Autoinnerns bewegten sich Paul und Marcel flüchtig.

Eine alte Oma ging vorbei. Sie sah mich lächeln. Sie dachte wohl, daß wir kleine Glückspilze wären, einen fahrbaren Untersatz zu besitzen. Wenn sie gewußt hätte, wieviel Schwein ich für meinen Teil hatte, hätte sie mir mit Freude den Wagen gelassen, der übrigens, um das gleich mit zu sagen, nicht direkt uns gehörte. Einen Moment folgte ich der Alten mit dem Blick.

Dann kam das junge Mädchen. Sie trug ein helles, enganliegendes Kleid und erregte Alberts Aufmerksamkeit. Er stieß einen Kennnerpfiff aus.

„Schnauze“, murmelte ich.

Albert lächelte und schwieg. Einen Augenblick hatte er aufgehört, mit den Fingern zu trommeln. Er begann von neuem. Das junge Mädchen ging vorbei, ohne uns überhaupt zu bemerken. Sie mußte wohl über Wichtiges nachgrübeln, das konnte man an ihren Augen sehen: die Gasrechnung, die Miete, ihre Arbeit, den Typ, der mit ihr anbändeln wollte, oder andere Sachen dieser Art. Ich steckte den Kopf aus dem Fenster und schaute, wie sie sich entfernte, genauso wie ich der alten Hausfrau nachgesehen hatte. Ich schob die Hand unter die Ledermappe, die ich auf dem Schoß hielt. Zwischen der Mappe und den Beinen hatte ich einen schweren, großkalibrigen spanischen Revolver, einen *Primamata*, mit einem Patronenstreifen. Ich streichelte die Knarre. Das war so, als berührte ich das Mädchen, das sich mit dem vielversprechenden Hüftwackeln entfernte.

Brüsk erkundigte ich mich nach der Uhrzeit. Albert streifte seinen Handschuh zurück und sah auf die Uhr. Es wäre bald soweit, sagte er. Ein Streichholz, das hinter mir im Fond des Fahrzeugs angerissen wurde, rief mir Pauls und Marcels Anwesenheit wieder in Erinnerung. Sie hatten angefangen, sich zu unterhalten. Ich kriegte einen Satzfetzen mit, in dem es um eine „Super-Puppe“ ging. Ich drehte mich um. Schon immer war mir Marcel mit seinen amourösen Heldengeschichten auf den Wecker gefallen. Und heute stopfte er Paul damit voll. Paul mochte ich gern. Er war zwanzig und hatte einen Buckel. Marcels Geschichten waren nicht gut für ihn.

„Du solltest dich lieber auf unsere Arbeit vorbereiten“, bemerkte ich.

„Alles klar“, antwortete er.

Er war ein hübscher Kerl, da gab’s nichts zu wollen. Er hatte eine breite Brust und auch sonst alles, was den Frauen gefällt. Er trug ein Unterhemd wie Albert. Nur Paul und ich hielten bei dieser Hitze ein Jackett aus.

„... kann doch wohl von meinem letzten Fang erzählen“, fügte er aggressiv hinzu. „Wird ja nicht gerade das sein, was unser Boot zum Kentern bringt. Und außerdem, wissen wir überhaupt, was mit uns passieren wird? Laß mich meine Erinnerungen genießen ...“

Er ging mir auf den Sack mit seinen schweinischen Bettgeschichten. Ich sagte es ihm.

„Schluß jetzt“, mischte sich Albert mit gedämpfter Stimme ein. „Keinen Streit jetzt! Da sind Leute. Wir werden auffallen. Schnauze!“ (Albert war manchmal die Vernunft selbst.) „Und daß die immer noch nicht aufgekreuzt sind!“ fügte er hinzu und trommelte stärker mit den Fingern auf dem Lenkrad. „Verdammt! Wo stecken die denn, Mensch, wo bleiben die nur?“

„Die werden's nicht eilig haben, die Reise zu machen“, sagte ich und ließ von Marcel ab, der endlich die Klappe hielt.

Irgendwas in meiner Äußerung verstörte den guten Paul. Er hatte feste Grundsätze. Man müsse die Sache dem Typen gut erklären, sagte er. Der wäre schließlich ein armes Schwein wie jeder andere auch, nichts weiter als ein armes Schwein, ohne Verantwortung, ohne Schuld ...

„Ich werde die Predigt halten“, versicherte ich.

Weiter unten am Boulevard bewegte sich etwas auf dem Bürgersteig. Ein Zeitungsverkäufer kam im Laufschritt den Berg herauf. Hier und da wurde er angerufen, und schreiend brachte er seinen Kram unter die Leute: „Sonderausgabe!“ Es folgte noch ein Satz, aber das Geräusch des laufenden Motors hinderte uns daran, den Sinn zu verstehen.

„Ich frage mich, was der so rumschreit“, sagte Albert beunruhigt.

„Er sollte sich ein bißchen Puste für heute abend aufsparen. Er wird sie brauchen“, spottete ich.

Inzwischen war der Junge auf unserer Höhe. Ich kaufte ihm eine Zeitung ab und faltete sie auseinander. Sofort sprangen uns die noch druckfeuchten Schlagzeilen ins Auge:

BLUTIGE EREIGNISSE IM BERGARBEITERSTREIK – MENGE GEHORCHT AUFFORDERUNGEN NICHT – ORDNUNGSKRÄFTE GEZWUNGEN, WAFFEN EINZUSETZEN – ERSTE BILANZ: 4 TOTE, ZAHLREICHE VERLETZTE ...

Unter den Toten befand sich ein zehnjähriges Mädchen,

„dessen Anwesenheit unter den Streikenden man sich nur schwer erklären kann“, wie der Artikel verlauten ließ, „es sei denn, die Anführer hätten dieses arme Kind als Schutzschild benutzen wollen ...“

„Diese Dreckskerle!“ fluchte Paul, der sich über die Lehne gebeugt hatte und über meine Schulter hinweg las. „Die Schweine! Schutzschild oder nicht, sie haben geschossen ...“

„Gibt's kein Photo von der Kleinen?“, fragte Marcel.

„Nein“, sagte ich, „überhaupt kein Photo.“

„Für mich ist es aber, als ob es eins gäbe“, fluchte Albert. „Ich meine, man braucht mir das nicht aufzumalen, damit ich das verstehe. Guckt euch diese letzte Meldung an. Eine echte Siegesmeldung! Nach dem Massaker wurden die seit Tagen unterbrochenen Gespräche wieder aufgenommen. Auch die Arbeit wird wieder aufgenommen, das kann man sich an fünf Fingern abzählen. Sie sind geschlagen ...“

„Das läuft doch immer gleich“, sagte Marcel gewichtig. „Einen Monat dauert es nun schon. Keinen Pfennig mehr. Und jetzt Kugeln ...“

Er begann, *Le Fusil Lebel** zu summen.

„Und nun“, stammelte Paul, „... machen wir weiter?“

Ich fühlte, daß er genauso zitterte wie ich. Es hätte ihm nicht gefallen, wenn ich nein gesagt hätte, und ich wollte auch nicht aufgeben.

„Wir machen weiter. Wenn sie keinen Pfennig mehr haben ...“

Albert unterbrach mich mit einer Bewegung:

„Sie kommen!“

„Adelante!“ schrie ich. „Und denk an die Kleine, Marcel. In sieben Jahren, wenn diese Schweine sie nicht kalt gemacht hätten, wer weiß, vielleicht hättest du sie gevögelt. Vielleicht macht dir das Blei in ihrem Bauch Mut.“

Marcel stieß einen fürchterlichen Fluch aus. Das Auto schoß los.

Es waren nur ein paar Meter zu fahren. Eine Sache von drei Sekunden, aber währenddessen verwandelte sich mein Schädel in einen Vulkan. Ich dachte, daß mir die Forderungen der Bergarbeiter, ihr Kampf und sein Ausgang ziemlich scheißegal waren, ob Sieg oder Niederlage. So klar wie jetzt war mir das noch

* Revolutionäres Lied der Anarchisten in den 20er Jahren

nie gewesen. Wenn die Soldaten die Kleine eine Woche früher niedergemacht hätten, wäre diese Aktion, die mir so viel bedeutete, verschoben, wenn nicht aufgehoben worden. Was die Kleine betraf, war ich wie Marcel. Ich hätte gern ein Photo von ihr gesehen, hätte gern gewußt, ob sie schön war. Sie mußte ganz einfach schön sein. In ihrem ärmlichen kleinen Kleid, ihrem ärmlichen kleinen Armenkleid, verziert mit schönen Blutflecken, lag sie auf einem Kohlehaufen, die Beine gespreizt, Schlacke im blonden Haar, der jungfräuliche Bauch von einem Todessamen, warm und schneidend, durchdrungen, der von mit Fusel vollgepumpten Landsern abgeschossen worden war. Sie war zehn Jahre alt. Ich wäre gern zehn gewesen. Das Leben war zum Kotzen. Das bestätigte sich jeden Tag. Ich wäre gern zehn gewesen. Ich weiß nicht warum, aber ich wäre gern zehn gewesen. Ein riesiges Verlangen, zehn zu sein. Das Leben war zum Kotzen, es war eine gemeine, gräßliche Tretmühle, und wir trugen alle dazu bei, diese Schweinerei in alle Ewigkeit fortzusetzen. Die Soldateska war zum Kotzen und wir auch. Blutige Schweine, hier wie da. Ein nicht unterdrückbarer Brechreiz stieg in mir hoch, und ich sprang aus dem Auto. Den Revolver hatte ich in der Hand und auf den Lippen ein Lächeln, das die Abtreibung eines ganzen Bataillons schwangerer Frauen hätte auslösen können.

*

Unser Auto blockierte den Lieferwagen mit den vergitterten Fenstern, der gerade aus der Querstraße gekommen war. Albert hatte es genau hingekriegt, ein rasanter Start, dann eine sensationelle halbe Drehung, genug um uns alle rauszuschleudern, aber Albert beherrschte seine Sache. Alles lief bestens, unser Fluchtweg war frei, der Lieferwagen blockiert. Der Fahrer, der meinte, es mit Anfängern oder Betrunkenen zu tun zu haben, hatte gebremst und angehalten, um einen Unfall zu vermeiden, als er das Auto vor sich sah. Dann schluckte er einen Fluch hinunter, und sein Mund verzog sich zu einem starren idiotischen Lächen. Auf seinem Gesicht machte die Wut der Angst Platz. Er erkannte, daß es sich um einen Überfall handelte, aber es war zu spät. Er und die Moneten, die er transportierte, saßen fest. Albert, immer noch am Lenkrad unserer Karre, hielt ihn im Schußfeld einer automatischen Mauser, deren platte Schnauze unter der hochgeklappten Scheibe herausragte. Ich sah Albert nicht mehr, wußte aber, daß die Finger seiner linken Hand weiter trommelten. Marcel deckte Paul und mich und hatte die wenigen Zeugen unserer netten Varieté-Nummer zum Stehen gebracht. Finger am Abzug der Maschinenpistole und bösen Blickes hielt er sie in Schach.

Von Paul gefolgt rannte ich zur Rückseite des Lieferwagens. Da sprang die Tür auf und ich hätte beinahe einen Flügel voll auf die Birne bekommen. Sie waren zu zweit da drinnen. Ein mausgraues Kerlchen in einer Art Uniform, die an den Ellenbogen blankgescheuert war, und ein Typ von glücklicherer Erscheinung, den Schnurbart genauso sorgfältig geschnitten wie seine Kleidung. Seine Augen zogen mich an, sie erinnerten mich flüchtig an jemanden. Bei unserem Anblick hob der kleine, schäbige Alte verständnisvoll die Hände. Der andere Dummkopf, der eine Knarre schwenkte, nannte ihn einen Feigling. Er hielt sich für schlau und wollte uns eine Lektion erteilen.

„Hört zu, Genossen ...“ fing Paul an, als er sah, daß ich nichts sagte.

Er glaubte wohl, in einer öffentlichen Versammlung zu sein. Der Typ mit den schicken Klamotten brachte gleich seine Widerrede vor, was diese ersten Worte der Ansprache betraf. Ein Schuß knallte. Fast hätte das Blei Pauls empfindlichste Stelle erwischt. Ein zweiter Knall, und jetzt war ich es, der dem Geschoß auswich – ich weiß nicht, wie.

„Gott segne dich, verfluchter Bastard“, höhnte ich.

Er hatte mir die Arbeit erleichtert, und ich setzte die Artillerie ein. Hand und Arm zuckten voll Genuß. Der Patronenstreifen streichelte mir beim Abrollen sanft das Handgelenk. Der kleine Alte, der die Hände hochhielt, senkte sie plötzlich mit einem matten Stöhnen und griff an seine Beine. Es hatte ihn erwischt. Ich hatte nichts Spezielles gegen ihn, dennoch bestreute ich das Innere des Lieferwagens mit grimmiger Raserei. Er mußte unausweichlich was abkriegen. Das Geräusch der Schüsse, verstärkt durch diese Art Resonanzkasten, berauschte mich. Als es anfing, nach Pulver, Rauch, heißem Eisen und Blut zu stinken, sah ich alles doppelt. Der gut angezogene Typ mit den seltsam vertrauten Augen war in einer Ecke gekrümmt zusammengebrochen, ich verpaßte ihm als Zugabe noch zwei Kugeln in die Nieren. Falls er durchkommen sollte, war er gut beraten, seinen Anzug gleich zum Stopfen zu bringen, denn er schien mir nur noch aus Löchern zu bestehen, mit ein paar Fäden drumherum.

Die zwei Typen hatten wahrscheinlich die Taschen auf dem Schoß gehabt, als wir loslegten. Die lagen jetzt auf dem Boden des Lieferwagens, mit blutigen Flecken besternt. Eine war aufgegangen, und die Moneten ließen sich sehen. Ich raffte eilig die Beute zusammen, gab einen Teil dem Buckligen, und wir machten, daß wir zurück zum Wagen kamen.

„Hauen wir ab", keuchte ich. „Das hat alles so lange gedauert, ... so lange ... ich dachte, es würde nie aufhören."

Das Auto fuhr los. Marcel sprang auf das Trittbrett. In dem Augenblick knallten weitere Schüsse. Die Bullen waren alarmiert worden und tauchten mit der Absicht auf, einen ordentlichen Rummel zu veranstalten. Marcel, der schon halb in der Karre war, schrie auf und fiel rückwärts auf den Bürgersteig. Beim Fallen drückte er auf den Abzug, und seine Waffe spuckte das ganze Blei aus.

„Schnapp' dir Marcel!" rief ich.

Albert setzte zurück. Ich griff mir eine zweite Knarre, um das Manöver zu decken. Paul öffnete die Tür, lehnte sich raus und zerrte seinen Kumpel am Gürtel ins Auto, ohne sich darum zu kümmern, ob er ihn verletzte oder nicht. Seine Nägel färbten sich rot, als er Marcels Fleisch aufriß.

„Das Kissen!"

Paul warf ein kleines unförmiges Päckchen aus dem Wagen. Eine List, um die Bullen zu bluffen.

„Und jetzt, ab die Post!"

Das Auto flog geradezu. Ein Bulle, der versuchte, uns den Weg zu versperren, besann sich in letzter Sekunde darauf, daß er doch noch nicht reif war, um posthum die Tapferkeitsmedaille zu bekommen, und sprang mit der Grazie eines Toreros beiseite. Beim Vorbeifahren verabschiedete er uns allerdings mit seinem Revolver. Die Seitenscheibe zersprang sternförmig, und es machte pling auf der Karosserie, aber ohne daß Schlimmeres passierte.

Albert war wie eine Bronzestatue. Den Fuß auf dem Gaspedal, die Hände in den Handschuhen auf dem Lenkrad verkrampft, in bewegungsloser Wut, war er eins mit der Maschine geworden. Die Kurven nahm er mit grimmig fauchenden Reifen. Ich stellte mir den Wagen als reißendes Tier vor.

Durch die hintere Scheibe kontrollierte Paul die Straße. Ein

Auto hatte versucht, uns zu verfolgen; es hatte aufgegeben. Jetzt fuhren wir mit wahnsinnigem Tempo über Land. Niemand folgte uns mehr.

Ich strich mir mit der Hand über die Augen: „Verdammt! Hat das lange gedauert!"

„Nein", sagte Albert. „Alles ist irrsinnig schnell gegangen."

„Es kam mir unendlich vor", wiederholte ich. „Vielleicht, weil ich in einigen Sekunden die Arbeit von mehreren Monaten getan habe."

„Da war was los, was?"

„Ein echtes Gemetzel", sagte Paul im ruhigen Ton einer einfachen Feststellung.

Ich zündete mir eine Zigarette an. Ein echtes Gemetzel, ja! Und es fing erst an.

II
MARCEL

Wir durchquerten zwei kleine Ortschaften. Auch wenn die Überfallmeldung schon durchgegeben war, wir entdeckten nichts Verdächtiges. Um keine Aufmerksamkeit zu erregen, fuhren wir mit mäßiger Geschwindigkeit. Nur auf der Landstraße, und nur wenn sie ganz leer war, drückte Albert auf die Tube. Bei diesem Tempo würden wir bald bei Duval sein.

Marcel war ohnmächtig geworden. Er lag auf der Fußmatte. Paul hatte sich auf die Rückbank gehockt. Die geraubten Geldtaschen waren in der entferntesten Ecke verstaut, um die Scheine nicht mit Blut zu beschmutzen.

Wir waren halbwegs heil aus dem Kampf herausgekommen. Pauls Hose wies einen verdächtigen Fleck auf, aber das war alles. Ich hätte nie geglaubt, daß es möglich war, ein so blutiges Geschäft mit so wenig Einsatz abzuwickeln, fast ohne sich schmutzig zu machen. Der Fleck auf Pauls Hose war Marcels Blut. Es war keine unnütze Vorsichtsmaßnahme gewesen, für alle Fälle einen Kleidungswechsel vorzusehen.

Ich stieg über die Lehne und untersuchte Marcel.

Soweit ich es beurteilen konnte, bedeutete seine Verletzung nicht das Ende seiner Tage. Ich blieb an Marcels Gesicht hängen. Diese Visage eines Schönlings haßte ich immer mehr. Wenn auch schmerzgezeichnet und von den letzten Aufregungen her etwas ermüdet, war sie doch immer noch verführerisch. Meine Augen glitten über Marcel, von seinen Füßen bis zu diesem Kopf, den ich verabscheute.

Sein harmonischer Körper bedurfte, wie der eines verletzten Gottes, der aufmerksamen und besorgten Pflege einer Geliebten. Ich sah sie ihn sanft in den Schlaf küssen, seine fiebrigen Lippen streifen. Ihre Haare streichelten seine Wangen. Ich glaubte nicht an das Schicksal, und dennoch gab es so etwas. Sonst hätte es von uns vieren nicht gerade Marcel erwischt. Ich wußte nicht, wie das alles ausgehen würde, aber eins war gewiß: Marcel hatte es erwischt.

„Ist es schlimm?" fragte Paul

„Ja", sagte ich und fügte an Albert gerichtet hinzu:

„Zwei oder drei Kilometer, bevor wir zu Duval kommen, gibt's auf der linken Seite einen kleinen Wald. Da fahren wir rein."

Etwas Wichtiges wartete dort auf mich.

*

Holpernd fuhr das Auto den Weg hinein. Die unteren Zweige der Bäume schlugen gegen das Blech. Ein Kaninchen flüchtete vor unseren Rädern. Die Vögel sangen. Albert hielt im dichtesten Teil des Wäldchens. Durch eine winzige Lücke zwischen den Stämmen hindurch erblickte man eine mit Blumen gesprenkelte Wiese. Die Stelle lag verlassen und wie 100 Meilen von jeder Siedlung entfernt da.

Wir stiegen aus dem Wagen. Marcel hatte sich leicht bewegt, aber ich versicherte, daß es nichts Wichtiges war. Wesentlich war nur das, was ich ihnen zu sagen hatte.

Wir setzten uns auf Baumstümpfe, und ich zündete eine Zigarette an.

„Nichts ist so gelaufen, wie wir es geplant hatten", sagte ich. „Wir haben den Zaster, das ist schon mal nicht schlecht, aber trotzdem ist nichts so gelaufen, wie wir es geplant hatten. Die ewige Diskrepanz zwischen Theorie und Praxis hat sich ein weiteres Mal bestätigt. Wir wollten vor den Typen eine Rede halten, ihnen die Bedeutung unserer Tat erklären, ihnen zeigen, daß sie für ein paar elende Scheine jeden Monat doch nicht die Millionen ihres Chefs verteidigen sollten. Alles sollte ohne

Scherben vor sich gehen. Unsere Waffen hatten wir nur zur Abschreckung mit ... Wir konnten kein Wort anbringen. Einer der Typen aus dem Lieferwagen hat die Keilerei angefangen. Von daher haben wir kein Schwein gehabt. Der Alte wäre bestimmt für unsere Argumente empfänglich gewesen. Er hat schließlich auch keinen Widerstand geleistet. Das hat ihm aber nicht erspart, seinen Teil abzukriegen. Das Leben ist einfach zum Kotzen. Er hatte keine Abreibung verdient und bekam sie trotzdem. Schuld ist der andere Kerl, der mit seiner Kanone den Schlaumeier spielte. Alles sollte ohne Scherben ausgehen, und doch habe ich noch nie so einen blutigen Tanz gesehen ..."

Ich warf meinen Stummel weg und kaute einen Grashalm.

„... Da alles ohne Scherben verlaufen sollte", fuhr ich fort, „haben wir nicht daran gedacht, auch Verletzte haben zu können. Jetzt haben wir einen: Marcel. Das heißt, wir sind erledigt. Wenn wir die Karre in einen Krankenwagen verwandeln und selbst die Krankenpfleger spielen, sind wir so gut wie hinter schwedischen Gardinen. Und das alles für die Katz, denn er ist schwer verwundet, zum Sterben verurteilt."

Das war der richtige Ausdruck.

„Also?" fragte Albert.

„Er ist verurteilt, und er verurteilt uns mit. In der Stadt wohnt unser Kumpel, der Weißkittel, der ihn im übrigen nicht retten könnte. Ihr wißt, wie wir in die Stadt kommen können. Mit dieser Last schaffen wir's nicht, und dann ist der Film gelaufen."

„Ist er wirklich verloren?" fragte Albert.

Sein langsames Gehirn setzte sich in Bewegung.

„Ich weiß, wovon ich rede. Er kommt nicht durch", erwiderte ich.

Ich wußte genau, wovon ich redete.

„Ich werde ihm den Gnadenschuß geben", sagte ich deutlich. „Den Körper schaffen wir beiseite. Niemand wird ihn in diesem Wald suchen."

„Verdammt!" fluchte Albert. „Das ist vielleicht ein Ding."

„Ja, das ist ein Ding, aber das Leben ist eben zum Kotzen. Es hat seine Zwänge. Der Alte im Lieferwagen hätte nicht ins Gras beißen müssen. Trotzdem hat er's getan. Wenn wir Marcel weiter mit uns rumschleppen, sind wir erledigt."

„Verdammt, verdammt!"

Er sah Paul an. Der Bucklige, der bis dahin geschwiegen

hatte, nickte und sagte:

„Jean hat recht.“

Paul hatte ich gern. Und er mochte mich auch. Vor allem seit dem Tag, an dem ich ihm gesagt hatte, daß alle Frauen Schlampen und Huren sind.

Ich erhob mich vom Baumstumpf, warf den Zigarettenstummel weg, zerdrückte ihn unter meiner Sohle und ging Richtung Auto. Als ich hinkam, hob Marcel die Lider. Seine Augen zeigten eine große Müdigkeit. Er hatte viel Blut verloren. Ich freute mich, daß er wieder zu sich gekommen war.

„Hör mal, Alter“, sagte ich mit weicher Stimme. „Die Lage ist nicht rosig. Sie zwingt mich ... uns zu extremen Maßnahmen, die ich verabscheue, aber ... Du hast doch mitgemacht, damit wir es schaffen, oder? Du möchtest doch nicht, daß wir scheitern, oder? Du bist verletzt und zwar ziemlich übel. Keine Chance da rauszukommen, mein armer Freund. Also ...“

Ich zog meine Knarre.

„Du wirst nicht leiden“, fuhr ich fort. „Ich werde dir ein langsames Sterben ersparen. Du warst ein guter Kumpel, Marcel. Denk an all die Mädchen, die du gehabt hast. An ihre Brüste, ihre Schenkel und den ganzen Rest, an die Freuden, die sie dir verschafft haben ...“

Ich fragte mich, wo ich diese Stimme herhatte, süß wie Honig. Mein Mund war schon ganz klebrig. Trösten war meine Spezialität. Die in seine Erinnerung zurückgerufenen Liebesfreuden, die er nie mehr genießen würde, machten ihn wahnsinnig. Entsetzen und Hoffnungslosigkeit spiegelten sich in seinen Augen.

„Jean, Jean ...“ stieß er hervor. „Ist das wahr? ... Bin ich erledigt?“

Ich warf einen schnellen Blick zu den andern. Albert und Paul standen ziemlich weit weg. Sie konnten mich nicht hören. Ich beugte mich vor. Meine Stimme wurde noch süßer. Ich hätte nie geglaubt, daß das möglich sei.

„Nein Alter, du bist nicht erledigt. Aber du bist es irgendwie doch. Du könntest durchkommen, aber ich will das nicht. Für dich ist jetzt Schluß mit den Weibern. Ich werde dich abknallen.“

Auf einmal reagierte er. Er nahm alle seine Kräfte zusammen, stieß einen Schrei aus und schlug wie ein Tier im Todeskampf um sich. Ich bekam seine Treter voll vor die Brust, schoß aber, bevor ich zu Boden ging. Die Vögel stoben aus den Bäumen hoch.

Ich stand auf und rieb mir meine Rippen. Die Knarre hatte ich nicht aus der Hand gelassen. Noch heiß, steckte ich sie in meine Tasche, Albert und Paul waren hergekommen.

„Er ist tot", sagte Albert, nur so zum Auflockern der bedrückten Atmosphäre, nachdem er einen Blick in den Wagen geworfen hatte.

„Er sieht nicht so aus, als ob er's von der guten Seite aufgenommen hätte", meinte Paul.

„Hauptsache, er hat die Ladung abgekriegt, von welcher Seite auch immer", sagte ich bestimmt.

Ich wischte mir den salzigen Schweiß von der Lippe.

„... Es war kein Vergnügen, aber es mußte sein."

„Was machen wir jetzt?"

„Im Gebüsch habe ich eine Grube gesehen", sagte Albert. „Wir könnten ihn hineinwerfen und Erde draufschütten."

„Wir haben keine Schaufeln."

Albert fluchte.

„Hol'n wir ihn doch schon mal aus der Karre raus", sagte ich.

Paul zog die Leiche an den Füßen. Es bedurfte einiger Anstrengung, um sie ganz aus dem Wagen herauszubekommen. Es war, als ob Marcel ihn nicht verlassen wollte. Seine Arme lagen so, daß er einen Moment lang in der Tür hängenblieb. Endlich fiel er mit einem fürchterlichen Geräusch auf den Boden. Sein Kopf schlug gegen das Trittbrett.

„Zeig mir dieses Loch, Albert", sagte ich.

Ich folgte ihm in das Wäldchen. Er drückte die Sträucher vor einer Grube beiseite, die schon einen kräftig-faulen Geruch ausströmte. Marcel würde dort wie zu Hause sein.

„Wir werden ihn da reinwerfen", bestimmte ich, „und ihn so gut wie möglich unter Ästen und Blättern begraben. Das wird als Vorsichtsmaßnahme reichen. Dieser Ort scheint nicht sehr besucht zu sein."

Wir gingen zur Leiche zurück. Paul hatte die Kleidung durchsucht und machte einen kleinen Haufen aus dem Inhalt der Taschen. Seltsam stand er da, mit hängenden Armen und merkwürdig geneigtem Kopf, vom Buckel bedrückt. Dabei hatte er mir doch zugestimmt. Ich legte ihm die Hand auf die Schulter.

„Es ist furchtbar", sagte ich, „aber so ist das. Wir dürfen kein Risiko eingehen. Seht mal, Jungs", fuhr ich fort, „wir sind keine Memmen, oder? Ich werde euch verraten, was ich denke. Es ist gut so, was mit Marcel passiert ist. Die Verletzung ... und die Folgen. Ja, es ist gut, daß er schon bei unserem ersten Coup draufging. Mit seiner Leidenschaft für Frauen hätte er uns früher oder später, absichtlich oder nicht, die Sache vermasselt. Kopfkissen sind keine guten Ratgeber."

„Sprechen wir nicht mehr davon", unterbrach Albert. „Faß ihn an den Füßen, Paul."

Der Krüppel schüttelte sich und wollte gerade gehorchen. Ich schnippte mit den Fingern.

„Moment mal!" rief ich. „Marcel war in der Kartei. Er hat es mir gesagt. Die Bullen haben seine Fingerabdrücke und sein Photo. Per Zufall könnte er, früher als uns lieb ist, entdeckt werden. Wir müssen ihn unkenntlich machen ..."

Ich schob Paul beiseite, faßte den Toten an den Fußgelenken und zog ihn hinter mir her auf den Weg. Dort legte ich ihn quer hin, die Arme auf dem Bauch gekreuzt. Dann stieg ich ins Auto. Irritiert fragte mich Albert, was ich machen würde. Er durfte die Flamme, die in meinen Augen brannte, nicht bemerken. Ich senkte den Kopf.

„Eine furchtbare Operation, aber notwendig", flüsterte ich mit reuevoller Miene.

Ich startete und begann langsam, den Kopf und die Hände der Leiche platt zu fahren.

III
RÜCKKEHR

Wir entledigten uns des Autos wie vorgesehen in einem Fluß in der Nähe von Duvals Haus. Dort gab es eine der raffiniertesten Unterwassergaragen, die jede gewünschte Sicherheit bot. Als die Karre versunken war, machten wir uns querfeldein zu Duvals Haus auf, das knapp einen Kilometer entfernt lag.

Duval betrieb so eine Art Fernfahrer-Raststätte an einer verlassenen Kreuzung, die während der Dämmerung den Eindruck einer ländlichen Räuberhöhle à la Wirtshaus im Spessart erwecken mußte. Duval war aber angeblich bei den Bauern der Gegend sehr gut angesehen. Er war ein Kumpel von früher her, und fürs erste half er uns. Ohne das große Geld gemacht zu haben, hatte er es doch weiter gebracht als andere und versuchte nun auf tausenderlei Arten, Abbitte zu leisten. Es gibt ja solche Typen, die nie glauben, daß sie das Brot auch verdient haben, das sie essen. Er wußte, woher wir kommen würden und erwartete uns an der hinteren Tür des Gebäudes. Seine Finger zerrten nervös an den Trägern der ölverschmierten Latzhose.

„Also", sagte er, „alles klar, oder? Ich hab's im Radio gehört. Ich glaubte euch schon verratzt. Im Radio sagen sie's nicht, aber gerade bei dem, was sie nicht erwähnen, muß man aufpassen. Ihr seid etwas spät dran. Ist aber nicht schlimm!"

„Ein Kumpel wurde abgemurkst", sagte ich. „Wir mußten ihn verschwinden lassen. Das hat Zeit gekostet."

„Nicht schlimm", wiederholte er.

Er wünschte keine weiteren Erklärungen. Je weniger er wußte um so besser. Er steckte schon tief genug mit drin. Zu mir sagte er noch:

„Der Typ, der dich zurückfahren soll, kommt erst in einer halben Stunde ... Kommt rein."

„Was sagt das Radio?" fragte ich drinnen und zeigte auf den Apparat. Im Moment sagte es nichts. Es sang. Eine süßliche Stimme ertönte:

Durch dich muß ich sterben,
meine Liebste, meine Schöne ...

Ein Schmalzlied, aber es rührte mich. Durch dich muß ich sterben! Das hatte ich einmal zu Gloria gesagt: Durch dich werde ich sterben ... Gloria! Scheiße! Ich ging zum Apparat, drehte an seinen geriffelten Knöpfen und stellte dem Schnulzenheini den Saft ab.

Ich zündete mir eine Zigarette an und setzte mich an einen Tisch, auf dessen Wachstuch Flaschen und Gläser violette Ringe hinterlassen hatten. Fliegen besoffen sich davon, bevor sie an dem Papier, das am Lampenschirm hing, kleben blieben. Einmal in der Falle, hörte man sie verzweifelt mit den Flügeln sirren.

„Keine weiteren Nachrichten vor heute nachmittag", sagte unser Gastgeber. „Aber vor knapp einer viertel Stunde haben sie die Geschichte zum x-ten Mal in aller Ausführlichkeit erzählt."

„Was haben sie gesagt?"

Er schüttelte den Kopf.

„Da war was los, was?“

„Wir haben’s ihnen gegeben. Die waren vielleicht stur. Kein bißchen Verständnis ...“

„Ein Kerl ist tot. Er hatte einen wichtigen Posten in der Leitung des Ladens. Den anderen, einen Untergebenen, hat’s übel erwischt, aber man glaubt, er wird durchkommen.“

„Wir dachten, wir hätten beide abgeknallt ... *Durch dich muß ich sterben*“, summte ich ... „Die interessieren mich nicht“, fügte ich hinzu. „Was sagen sie über uns?“

„Man hat euch schon in allen vier Himmelsrichtungen gesehen ... Ein gutes Zeichen.“

„Auch hier in der Gegend?“

„Mehr oder weniger. Aber nicht mehr als woanders. Nichts Wichtiges. Die Polizei tappt noch im Dunkeln, und die widersprüchlichen Angaben werden ihr die Arbeit nicht erleichtern. Vor allem mit den Beschreibungen, die man von euch hat.“

„Was für Beschreibungen?“

„Vage. Ein Großer, ein Kleiner, ein falscher Buckliger ...“

„Der Trick mit dem Kissen hat funktioniert“, sagte ich und wechselte einen Blick mit Paul. Mit meiner List war ich zufrieden. Ich zog mein Jackett aus.

„Das schmeißt du dann alles ins Feuer. Und jetzt, hol’ die anderen Klamotten raus.“

Duval ging zu einem abgeschlossenen Metallschrank, öffnete ihn und zog drei Anzüge heraus, die sich stark von denen unterschieden, die wir trugen. Um genau zu sein, enthielt er vier Anzüge, aber einen von ihnen konnten wir nicht mehr gebrauchen. Wir diskutierten, während wir uns schnell umzogen. Die Bullen tappten noch im Dunkeln, das war die Hauptsache. Allgemeine Regel: Je blutiger der Überfall, desto größer die Verwirrung.

„Das haben wir nicht gewollt“, sagte ich, um mögliche Skrupel Duvals zu zerstreuen. „Aber was geschehen ist, ist geschehen.“

„Natürlich“, stimmte er zu. „Wollt ihr was zu beißen?“

Wir aßen schnell etwas, dann untersuchte ich den Inhalt der Taschen. Viele neue Geldscheine, zuviele! Das gefiel mir nicht. Ich brachte ein paar gebrauchte Scheine bei meinen Gefährten unter. Paul sollte ein paar Tage bei Duval in Verpflegung bleiben. Er war zu auffällig mit seinem Buckel. Der

Trick mit dem Kissen konnte funktioniert haben oder auch nicht. Man durfte nicht alles glauben, was die Bullen erzählten. Albert würde auf Umwegen per Eisenbahn allein in die Hauptstadt zurückkehren. Ich sollte auf einen Lastwagen warten.

Er kam wenig später und tankte voll. Der Fahrer sah ganz in Ordnung aus. Er war ein Kumpel.

„Hier ist dein Mitfahrer“, sagte ihm Duval. „Seit heute morgen arbeitet er mit dir.“

„Alles klar“, erwiderte der andere. „Also, Kumpel, du bist Beifahrer?“

„Sieht so aus“, sagte ich.

„Nie Zement gefahrn, was?“

Er war stolz auf seine Muskeln. Die Arme hatte er so voll davon, daß es eklig aussah. Nichts als bewegliche Kugeln. Ich hatte mein Jackett ausgezogen. Meine mageren Arme machten einen harmlosen Eindruck. Hatte ich nie Zement gefahren? Doch, vor fünfzehn Jahren hatte ich Zement geschleppt, und Schwefel und Kohle. War unter der Last zusammengebrochen, mitten im Gelächter hin- und hergetorkelt. Seitdem trug ich etwas Schweres auf meinen Schultern. Was, wußte ich nicht. Aber verdammt, es drückte.

„Nicht gerade üppig, nein“, erkannte ich kurz an.

„Man braucht solche und solche.“

Die große Ledertasche, die ich seit dem Morgen mit mir rumschleppte und in die ich den Inhalt der beiden anderen hineingefüllt hatte, versteckte ich unter der Ladung. Dann verabschiedete ich mich von meinen Kumpeln, ließ mich auf dem Sitz neben dem Fahrer nieder, und wir fuhren los.

Die Sonne brannte heftig, und wir schmorten im wahrsten Sinne des Wortes im Führerhaus. Der Schweiß tropfte vom Gesicht meines Kompagnons auf seine Armmuskeln. Ich war nicht trockener. Unter meinen Achselhöhlen verbreiterten sich feuchte Flecken. Mein Jackett hatte ich zusammengefaltet auf meinen Schoß gelegt. Meine rechte Hand umschloß in einer Tasche den Griff des Revolvers. Für alle Fälle.

Mehr oder weniger fuhren wir in umgekehrter Richtung den Weg, den wir bei unserer Flucht genommen hatten. Der Fahrer war nicht besonders gesprächig. Ich fragte mich, was er von einem Tölpel wie mir dachte.

In der Nähe der Stadt winkten uns drei Motorradpolizisten

anzuhalten. Ihre Stahlhelme blitzten in der Sonne. In ihren dunklen Uniformen speckten sie sicher tüchtig ab. Der eine, ein Höherrangiger, hatte seinen Kragen geöffnet. Sie strahlten nicht gerade Freundlichkeit aus. Ich packte meinen Revolver fester.

Mein Mitfahrer bremste; die Reifen schürften den Boden auf, und wir hielten in einer Staubwolke. Der Bulle mit dem geöffneten Kragen fuhr mit erhobener Hand heran. Über seine Maschine gebeugt und einen Fuß auf dem Boden fragte er:

„Wo kommt ihr her, Kollegen?"

Der Fahrer nannte den Namen einer Ortschaft und legte alle notwendigen Papiere vor, um seine Antwort zu belegen. Er tat es mit der Mine von jemandem, der auf seinen Touren schon so manches gesehen hat.

„Was ist los?" fragte er, als er die Papiere zusammenfaltete, die der Bulle ihm zurückgegeben hatte.

„Nicht zufällig so einem Auto begegnet?" fragte der Bulle und gab eine mehr oder weniger genaue Beschreibung der Karre, die nun auf dem Grund des Flusses weilte.

„Nein. Was hat es denn verbrochen?"

„Banditen. Sie haben die Löhne für die Arbeiter der Folk-Betriebe geklaut und dabei zwei Angestellte getötet ..."

„Na sowas! Tatsächlich!" rief ich. „Es gibt Leute, die lassen sich nicht anscheißen."

„Sie scheißen andere an", schloß der Bulle. „Also, ihr habt wirklich nichts Verdächtiges bemerkt?"

„Nein, nichts Verdächtiges"

„Könnt weiter", sagte der Bulle mit befreiender Geste. „Salut!"

„Salut!" antwortete der Fahrer und griff an seine Mütze. „Salut!" sagte ich und nahm die Hand vom Revolvergriff. Wir fuhren weiter.

Der Fahrer wich meinem Blick aus. Er starrte auf die Straße. Mit seiner breiten Zunge leckte er seine dicken Lippen und wischte die riesigen Schweißtropfen weg, die von der Stirn und über die Nasenflügel seinem Mund zuliefen. Mir ging's nicht besser. Mein Hemnd klebte an der Haut. Bis zu unserer Ankunft in der Stadt wechselten wir kein Wort.

In einer verlassenen Straße setzte er mich ab. Ich schnappte mir meine kostbare Tasche und sagte ihm auf Wiedersehen.

Er schüttelte den Kopf. Er schwitzte immer noch und bespritzte mich mit ein paar Tropfen.

„Lieber nicht, Genosse“, atmete er durch und lächelte gezwungen. „Ich hätte nicht geglaubt, daß es so hart ist. Da mag ich doch meine verdammte, lausige Maloche noch lieber, Genosse. Sie ist auch knochenhart, aber auf andere Art ...“

„Man braucht solche und solche“, grinste ich.

*

Ein unerhört barbarisches Verbrechen wurde heute vormittag in einem Vorort im Westen der Stadt begangen. Der Geldtransporter, der die auf ungefähr fünf Millionen geschätzte Lohnsumme für die Arbeiter der Folk-Betriebe transportierte, wurde in der Nähe des Unternehmens von vier Männern überfallen, die schon eine Zeitlang in einem braunen Auto gewartet hatten.

Am Steuer saß anscheinend jemand, der den Namen „Meisterfahrer“ verdient. Die Art, in der der Lieferwagen blockiert wurde, verrät sowohl absolute Kontrolle und Geschicklichkeit als auch Kaltblütigkeit und Kühnheit.

Während der Mann am Lenkrad des braunen Fahrzeuges den Lieferwagenfahrer in Schach hielt, stürtzten drei Männer aus dem Auto. Der erste war mit einer Maschinenpistole bewaffnet und brachte damit die wenigen Zeugen des Überfalls zum Stehen. Die beiden anderen griffen den Lieferwagen mit automatischen Pistolen an und eröffneten sofort das Feuer gegen die Insassen: Monsieur Bernard und Monsieur Lebas.

Monsieur Bernard wird seine schwere Beinverletzung sicherlich überleben, aber sein Leben lang ein Krüppel bleiben. Monsieur Lebas, ein Beauftragter der Geschäftsleitung der Folk-Betriebe, wurde förmlich von Kugeln durchsiebt. Der Gerichtsarzt stellte mehr als zwanzig Einschüsse fest.

Die alarmierte Polizei griff ein, eröffnete ihrerseits das Feuer und traf den Verbrecher, der die Passanten in Schach hielt. Trotzdem gelang es diesem, sich ins Auto zu schleppen und mit seinen Komplizen zu flüchten.

Bisher gibt es praktisch keine Beschreibung der Täter. Die Zeugen des Dramas bemerkten immerhin, daß zwei Verbrecher Jackett und Krawatte trugen, während ihre Kumpanen einen fast nackten Oberkörper hatten. Diese Art der Bekleidung bedeutet nach Meinung der Untersuchungsbeamten bei einem Kriminellen die Notwendigkeit, eine zu auffällige Tätowierung zu verbergen, beim anderen eine versuchte Tarnung. Tatsächlich schien einer der beiden bucklig zu sein. Während der überstürzten Flucht fiel aber eine Art grobes Kissen auf die Straße. Wahrscheinlich ein falscher Buckel, der die Untersuchungen in die Irre leiten sollte. Der Mann, von dem man vermutet, daß er zu stark tätowiert ist, um sich gefahrlos mit nacktem Oberkörper zu zeigen, ist der Killer der Bande, derjenige, der Monsieur Bernard und Monsieur Lebas ohne Gnade niederstreckte. Dieses blutgierige Individuum bietet offenbar einen zarten und jugendlichen Anblick, den eines schätzenswerten Menschen.

Madame Berger, die kurz vor dem Überfall am Auto der Verbrecher vorbeiging, versichert, daß er bester Laune war. Sie habe niemals gedacht, daß dieser fröhliche junge Mann im Begriff sei, eine so grausame Tat zu begehen. Ein anderer Zeuge hörte ihn „vorwärts“ auf spanisch sagen: „Adelante!“ Handelt es sich um Ausländer? Um Pistoleros? Einige Patronen, die man am Ort des Verbrechens fand, könnten diese Hypothese bestätigen. Die Sachverständigen nehmen an, daß sie von einem spanischen Modell stammen.

Die Erregung ...

IV
CUCARACHA

Auf dem Weg ins Versammlungslokal las ich so ähnliche Artikel mit nur unbedeutenden Unterschieden in mehreren Zeitungen. Die Erregung war auf ihrem Höhepunkt angelangt. Offenbar hatte man nie etwas Vergleichbares erlebt, doch die Polizei tat ihre Pflicht, man konnte auf sie zählen. Verschiedene Spuren wurden selbstverständlich intensiv verfolgt. Wie üblich. Unsere Karre, die wohl aus eigener Kraft den Fluß verlassen hatte, war an vielen Orten gesehen worden. Ein harmloser Autofahrer wurde in einer Gegend, die unserer Fluchtrichtung genau entgegengesetzt war, dem Feuer der Gendarmerie ausgesetzt. Gewisse Reporter bewiesen ein gutes Gedächtnis und zufällig mal Intuition, als sie an die Bonnot-Affäre erinnerten.

Im allgemeinen schienen mir die Journalisten mehr noch

als über die blutige Behandlung Lebas' sauer auf ... (Übrigens gefiel es mir, daß der Kerl Lebas hieß. Nicht, daß dieser Name mich besonders anwiderte. Aber ich war froh, ihn zu kennen. Lebas, Lehaut, Lecentre, das war mir wurscht. Hauptsache, er hatte einen Namen. Einen ohne Namen zu töten, gibt nicht die gleiche Befriedigung. Es ist weniger konkret. Ich liebte das Konkrete.) Um auf diese verdammten Journalisten zurückzukommen – ich würde ihnen so viel Stoff liefern, daß sie mir eines Tages zumindest ein Denkmal setzen mußten – sie empfanden es als persönliche Beleidigung, daß es mir gelungen war, den Zaster einzubringen. Das ging ihnen über die Hutschnur. Die waren vielleicht lustig! Dachten die etwa, ich hätte das ganze Unternehmen und ein solches Gemetzel organisiert, um anschließend die Moneten doch im Geldschrank der Folk-Betriebe verschwinden zu sehen? Wenn die wüßten, was ich mit dem Zaster vorhatte, wären sie baff ... Mit dem Grinsen der dreißig Schreibmaschinentasten und dem spöttischen Kratzen des Kugelschreibers meldeten sie jedoch – um sich über das Verschwinden der fünf Millionen hinwegzutrösten – daß bei den meisten Geldscheinen die Nummer bekannt war. Man durfte nicht alles glauben, was Bullen und Journalisten erzählten. Aber bei dieser Sache blufften sie sicherlich nicht. Diese große Menge neuer Scheine hatte mich gleich stutzig gemacht.

*

Die Mitglieder des Komitees saßen um einen ärmlichen Tisch aus weißem Holz. Es war feucht hier und roch nach Druckerschwärze. Aus dem benachbarten Atelier kam das Schnurren zweier pedalbetriebener Maschinen, auf denen die Zeitung der Organisation gedruckt wurde. Eine kraftlose Birne ganz oben an der Decke spendete kärgliches Licht. Der, den wir Christus nannten, ähnelte mit seinem Bart und seiner kahlen Stirn immer mehr dem Nazarener. Aber in seinen Augen war keine Resignation, und er war auch nicht gerade ein Apostel der Gewaltlosigkeit.

„Hier ist der Zaster", verkündete ich und legte die Mappe auf den Tisch.

„Wie lief's?" fragte Christus. „Ich hab' die Zeitungen gesehen. Nicht ganz glatt, was?"

„Nein, sogar ganz anders, als wir erwartet hatten. Dieser Lebas hat als erster das Feuer eröffnet. Paul und ich konnten nicht anders als zurückschießen. Er hat mich zur Raserei gebracht. Außerdem ist Marcel tot. Schwer verletzt von den Bullen ..."

Ich erklärte die Geschichte.

„Ich frage mich, ob es gut war, deiner Idee nachzugehen, die Tradition der illegalen Aktionen wieder aufzunehmen!" meinte jemand. „Naja, was geschehen ist, ist geschehen ..."

„Der Zaster ist da", sagte ich als Rechtfertigung. „Die Bergarbeiter hat man ausgeblutet. Sie sind kurz vorm Aufgeben. Hiermit können sie aber durchhalten. Haben wir jemanden, der es ihnen überbringt?"

„Ein Genosse, der in der Bewegung mitmacht, wird in einer Stunde hiersein", sagte Christus. „Er weiß, wo das Geld herkommt, aber besser, er lernt dich nicht kennen."

„Übrigens, dieser Kumpel, der mich von Duval mitgenommen hat, ist der sicher? ... Der hatte ziemlichen Schiß. Er würde es um keinen Preis der Welt nochmal machen. Das wollte ich Dir lieber sagen. Ich hoffe, der hält dicht, auch wenn er kalte Füße kriegt."

„Sicher", meinte Christus. „Mehr als die Hälfte der Lappen sind also unbrauchbar, hm?" fügte er hinzu, als er die Riemen der Tasche löste und die Geldscheine auf dem Tisch verteilte.

Einige lösten sich aus den Bündeln und segelten auf den nackten Erdboden.

„ ... Folgende Nummern sind registriert ... "

Aus seiner Tasche zog er eine der wenigen Zeitungen, die ich nicht gekauft hatte. Die erste Seite bestand ausschließlich aus Ziffern. Christus verglich sie mit denen einiger wahllos herausgesuchter neuer Scheine. Sie stimmten überein. Er machte einen Haufen daraus.

„In's Feuer", bestimmte er, nachdem die Anwesenden ihm schweigend zugestimmt hatten.

Ich nahm mir zwei große Scheine.

„Nur aus Fetischismus", erklärte ich.

Ihr Knistern würde mich an den Tod von Lebas und Marcel erinnern.

*

Wenig später mischte ich mich genüßlich unter die Menge, die auf den Boulevards meine Heldentaten kommentierte. Ich stellte fest, daß ich bis auf die beiden unbrauchbaren Scheine und eine unbedeutende Menge Kleingeld blank war.

Bei Duval war das Geld etwas durcheinandergeraten, als wir einen Teil für Albert und Paul abgezweigt hatten. Mein eigener Kies mußte in die Tasche geraten sein, die sich jetzt im Besitz des Komitees befand. Dort hatte ich keinen Anteil der Beute verlangt. Ich war gar nicht auf die Idee gekommen. Christus und die anderen hatten wohl gedacht, daß ich mich selbst bedient hätte und nichts gesagt.

Ich schaute auf die Uhr. Es war zu spät, um zum Versammlungslokal zurückzukehren, und schließlich ... das Geld war mir ziemlich schnuppe. Die jämmerlichen Idioten, die um mich herum gingen und mich gelegentlich anrempelten, wußten nicht, daß sie mit dem Killer in Berührung kamen, dessen Blutgier auch die Hartgesottensten erschreckte. Ich war kein gewöhnlicher Gangster. Eines Tages würden sie es erfahren.

Ich merkte, daß ich blank war, als ich Hunger bekam. Den leichten Imbiß bei Duval hatte ich kaum angerührt. Ich erinnerte mich auch nicht, am Vorabend gegessen zu haben. Allgemein aß ich wenig. Diese Tätigkeit widerte mich an. Ich hatte ihre Notwendigkeit nie einsehen können. Wenn man das allein, unauffällig betrieb, ging's ja noch. Aber das Zusammenkommen mit Unbekannten in Restaurants oder unter Freunden und Bekannten, was man dann Fest- und Familienessen nannte, war für mich der Gipfel einer grotesken Obszönität. Der Lärm der Bestecke und der Kinnladen, die Fratzen in Kaubewegungen, die vom Essen geschwollenen Backen, die dann wieder entsprechend den Regungen des Adamsapfels einfielen, all die körperlichen Veränderungen, die die Gäste durchmachten (mit bloßem Auge sah ich sie zu- und abnehmen), dieses ganze Spektakel erfüllte mich mit einer verächtlichen und traurigen Wut. Und dennoch ... es war die Speiseröhre, an der sich Streiks und Unruhen entzündeten ... Ich erinnerte mich an einen Film: Ein Stück verfaultes Fleisch, das von Würmern und Insekten wimmelte, wurde dort zum Anlaß einer Meuterei. Aber sie, würden sie alle nicht auch zu solch einem ekligen Aas werden, das mich einen Moment lang hypnotisiert hatte? Also? Dennoch, das Betrachten eines

Essers in Aktion erfüllte mich auch mit einem gewissen Wohlbehagen. Ich erwartete den *Unfall!* Mit besonderer Wollust konnte ich beobachten, wie die zu heiße Suppe die Kehle hinunterbrannte, wie Pfeffer und Senf wirkten, wie ein Knochen dem Mund übel mitspielte. Ich liebte es, wenn die Mahlzeit zu Ende ging, man sich mit erhitzten Gesichtern an das Herauspulen der Essensreste machte, die heimtückisch zwischen den Zähnen steckten. Ein jeder versuchte es mit seinen Mitteln. Die einen benutzten ein kleines, geeignetes Utensil, das sie aus einer Glimmerbüchse oder einem Etui herausholten. Andere nahmen ein gespitztes Streichholz, noch andere die Spitze eines Messers. Gott! War das lustig, tragisch und zum Kotzen, so vor aller Augen zu essen. Nein? Nichts schien mir demoralisierender und traurig-obszöner. Deshalb verschob ich es immer wieder, mich zu Tisch zu setzen. Ohne es zu bemerken, ließ ich Mahlzeiten aus. Der Hunger störte mich nicht. Ich wußte, was es war. War es gewohnt. Nur wenn er mich zu stark kniff, stillte ich den Hunger. Das war jetzt der Fall. Man sagt, Aufregung macht hungrig. Das ist gut möglich ...

Bevor ich ein Restaurant betrat, befühlte ich aus alter Gewohnheit, die armen Schluckern zum Instinkt wird, meine Taschen. Ich war vollkommen abgebrannt. Aber ich mußte doch etwas hinter die Rippen packen. Die elementarste Vorsicht riet es mir. Mir wurde langsam schwindlig, und mit den gestohlenen Scheinen und der Knarre, die ich mit mir rumschleppte, war es auch nicht der rechte Moment, aus den Latschen zu kippen. Es durfte nicht schon beim ersten Mal schiefgehen.

*

Zwei Reißzwecken hielten die Visitenkarte, auf der in kursiv stand: *Monsieur und Madame Lorboit.* Ein Schreibfehler, Lorbois schrieb sich mit s, aber die Hinterhofdrucker hatten das nicht so genau genommen. Irgendwo auf dem Stockwerk spielte ein Radio. Ich drückte auf die Klingel und löste damit gleichzeitig ein langes Magenknurren aus. Die Tür ging auf, und Fredo erschien.

„Ah, 'n Abend Jean“, murmelte er.

Er kaute und hielt eine Serviette in der Hand. Ich deutete mit dem Finger auf sein Gesicht.

„Ich sehe, du frißt dich voll“, scherzte ich. „Das ist ja prima. Ich wollte mich gerade bei dir zum Abendbrot einladen.“

„Immer abgebrannt, was? Na, komm rein!“

Er gab mir die Hand. Ich kannte den Weg und ging voraus ins bescheidene Eßzimmer. Hier also spielte das Radio. Der Apparat thronte auf einem speziell dafür angefertigten Möbelstück. Er brabbelte leise. Madame Lorbois saß am Tisch.

„Guten Abend, Monsieur Fraiger“, sagte sie. „Wir fragten uns gerade, wer das wohl sein könnte. Wie geht es Ihnen?“

„Wie immer“, antwortete ihr Mann an meiner Stelle mit freundlichem Spott. „Immer blank. Deck’ noch mal für ihn.“

Madame Lorbois stand auf und ging in die Küche. Fredo seufzte. Ich kannte ihn seit vielen Jahren. Im Klempnerbetrieb, in dem er arbeitete, war ich sein Hilfsarbeiter gewesen. Als ich den Laden verließ, gaben wir den Kontakt nicht auf. Er hatte mir oft unter die Arme gegriffen. Dieser Prolo, ein guter Kerl, hatte die Vierzig bereits überschritten und sah in mir immer noch ein Kind. Aber das kränkte mich nicht.

„Was für ein Leben“, fügte er mit leichtem, zärtlichen Vorwurf hinzu. „Naja, jedem das seine ... Wir haben uns ja eine Ewigkeit nicht mehr gesehen, was? Was treibst Du jetzt so? Du scheinst mir nicht schlecht ausstaffiert ...“

Ich setzte mich.

„Ich pfriemel’ so herum. Ist nicht die Welt!“

Ein Radiosprecher kündigte mit seltsamem Auf und Ab in der Stimme an, daß wir gleich die absoluten Spitzenschlager hören würden. Er drückte sich nicht genau so aus, er meinte es aber wohl so. Madame Lorbois deckte für mich.

„Sie sollten irgendwas Ordentliches finden können, Monsieur Fraiger“, sagte sie. „Sie sind doch intelligent ...“

Ich guckte sie an. Es war nett von ihr, mich intelligent zu finden, auch wenn man das ja leicht sagt. Niemand würde einem Typen erklären: Sie sind der letzte ... Nein, man sagt: Ein Mann mit Ihrer Intelligenz ... Kein einziger Trottel auf der ganzen Erde. Nur intelligente Kerle. Wie tröstlich, wenn man sich das so überlegt ... Das Radio schnulzte Worte der

Liebe in meine Überlegungen. Ich machte eine vage Handbewegung.

„Na, Kopf hoch, nicht unterkriegen lassen“, schloß sie. „Eines Tages werden Sie eine Stellung finden ...“

Sie schob einen übervollen Teller in meine Richtung. Lachend fing ich an zu essen und versicherte ihnen, daß ich den Kopf nicht hängen ließe. Intelligent! Wenn sie gewußt hätten, daß ich an diesem Tage fünf Millionen kassiert hatte und trotzdem bei ihnen eine Mahlzeit erbetteln mußte, hätten sie mich nicht mehr für so intelligent gehalten. Was für ein komischer Typ, hätten sie gedacht. Sie wären nicht die ersten gewesen. Dieses verfluchte Lied im Radio erinnerte mich an den Ausdruck „Ein komischer Typ!“ Das waren auch Glorias Worte gewesen ...

Ich hatte den Kopf verdreht, um Gloria direkt ins Gesicht sehen zu können. Sie lächelte freundlich, und als sie ihren Kopf senkte, streichelten ihre roten Haare ihr die Schulter. Das Leuchten ihrer Augen und ihre glänzend weißen Zähne berauschten mich.

„Gloria“, hatte ich gefragt, „wie lange kennen wir uns schon?“

„Ich weiß nicht“, antwortete sie mit ihrer hellen Stimme.

Die Frage erschien ihr seltsam.

„Drei Jahre, vielleicht ...“

Sie maß dem überhaupt keine Bedeutung bei.

„Vier Jahre und zwei Monate“, präzisierte ich. „Ich hab’ genau Buch geführt.“

„Warum?“

„Weil, ... äh ...“

Es fiel mir verdammt schwer weiterzureden. Um dieses Rendezvous hatte ich sie aber gerade gebeten, um ihr zu offenbaren, was ich jetzt sagen würde.

„... Weil ich dich seit genau vier Jahren und zwei Monaten liebe.“

Sofort unterstrich ich – eine Frage von Stolz, Würde, von was weiß ich welchen anderen Scheißdingen noch – meine späte Erklärung mit einem dämlichen Lachen. Dies muß ja wohl eine Situation sein, die für einen Mann lächerlich ist. Gleichzeitig schrie mein Herz um Hilfe. Das ganze Café begann zu wanken. Ich verlor den Boden unter den Füßen.

Von überall her drang Blut ein. Ein Schiffbruch in einem Mahlstrom der Verzweiflung. Und das alles wegen ihrer Augen, die ein unsagbares Erstaunen gespiegelt hatten. Nichts weiter. Oh, Scheiße! Ich hätte schweigen sollen. Ah! Verdammt noch mal, verdammt ...

„Schenk' mir noch einen kleinen Roten ein, Fredo", brummte ich.

„Du hängst immer noch ein bißchen an der Flasche, was?" lachte Lorbois, als er mir einschenkte.

„Muß wohl", sagte ich in einem Echo von Heiterkeit.

„Sie sollten lieber essen, statt so viel zu trinken", riet Madame Lorbois mütterlich. „Ihr Teller ist immer noch ganz voll. Sie sind ja auf dem Mond. Woran denken Sie?"

Ich dachte daran, wie wir danach das Café verlassen hatten. Vor einem Hauseingang hielten wir an. Die Nacht war angebrochen, die Straße dunkel. Ich nahm sie an der Taille, drückte sie an mich und vergrub mein Gesicht in ihren Haaren. Sie dufteten nach Leben, Glück und einem seltenen Parfum. Ich sah mich wieder auf der Walze, wie ich durch den Weizen tobte. Der wird zu Brot! Diese Haare sind mein Brot, mein schönes kastanienrotes Brot. Sie zitterte. Und ich fröstelte auch, als Panik in mir hochstieg. Ein nicht zu unterdrückendes Bedürfnis wegzulaufen überwältigte mich. Wir trennten uns.

Am nächsten Tag sah ich sie wieder. Ich mußte sie wiedersehen. Sie lachte hell, ein wenig spöttisch.

„Du bist vielleicht ein komischer Typ", sagte sie.

Letzte Nacht hätte ich doch mit ihr schlafen sollen.

„Ich kann kein Radio hören, ohne daß sie jedes zweite Mal dieses *Durch dich muß ich sterben* spielen", sagte ich und zeigte mit dem Messer auf die Lärmkiste. „Die könnten mal eine neue Platte auflegen."

„Das mögen die Leute", sagte Madame Lorbois. „Das ist der große Schlager im Moment."

„Aber nicht der einzige Hit", meinte Fredo. „Vorhin sprachen sie von den Verbrechern, die die Lohngelder der Folk-Betriebe geklaut haben. Guck' mal", fügte er lachend hinzu, „das solltest du machen, um aus der Klemme herauszukommen: eine Kassieraktion."

„Zu großes Risiko", grinste ich und leerte mein Glas.

„Was für eine Zeit", seufzte die Frau. „Die Leute sind verrückt. Meine Güte! Haben Sie gesehen, dort in den Bergwerken, dieses zehnjährige Mädchen ..."

Ich nickte mit dem Kopf. Das ließ sich verschieden interpretieren. Ich wußte nicht mehr, ob ich über dieses Drama lachen oder weinen sollte. Das kleine Mädchen war tot. Sie würde weder eine Schlampe noch eine Hure werden.

„Das Leben ist zum Kotzen!" Das war mein Kommentar.

„Seien wir nicht ungerecht, es hat trotz allem seine schönen Seiten", meinte Fredo und warf einen Blick auf die Flasche.

Er schenkte mir ein.

„Nur bis zum Rand", sagte ich.

„ ... und jetzt, liebe Zuhörer", näselte ein Sprecher, „spielt uns die Gonzalez-Band *La Cucaracha*!"

Nicht zu fassen! Sie hatten sich abgesprochen! Sie mußten ahnen, daß ich zuhörte, und sie wollten mich ein für alle Mal meschugge machen. Ich stand auf und brachte bei den ersten Takten des mexikanischen Liedes die Kiste zum Verstummen.

„Bravo", lachte Fredo. „Sie gehen uns auf den Sender. Hier, trink einen Schluck."

La Cucaracha ... La Cucaracha ... Sie war die Treppe der Metro heruntergegangen und hatte *La Cucaracha* gesummt. Von diesem Tag an hatte für mich Pancho Villas Partisanenlied nie mehr den Marsch der Aufständischen durch die Berge bedeutet. Und auch nicht mehr die schönen braunen Mädchen während der Rast, Röcke wie Blumenkronen, vom Tanz hochgeworfen; darunter lange Beine in schwarzen Strümpfen. Dies alles mit lärmenden Kastagnetten, klatschenden Händen und in einem Dunst aus Staub, Alkohol, Brunst und Schweiß. Seltsam: *La Cucaracha*, das hieß die Kakerlake. Ich konnte *La Cucaracha* und Gloria, die die Treppe der Metro hinunterging und die Melodie summte, nicht voneinander trennen. Ich ging mit Freunden hinter ihr. Den Kopf noch schwer. Es war eine schöne Prügelei gewesen. Sie hatten zu viert Fußball mit meinem Gerippe gespielt. Am Ende reckte ich mich. Alles wund. Da legte sich eine Hand auf meinen Arm, und eine sanfte Stimme, die vor Sorge leicht zitterte, flüsterte: Haben Sie sich weh getan? Und mein Blick kreuzte die schönsten Augen der Welt, mit einem Flimmern wie Danziger Goldwasser, und genauso berauschend. Ich sah das niedlichste

Gesicht, umrahmt von roten Haaren ... Das war vor fünf Jahren gewesen!

„Schenk' mir noch einen Schluck ein, Fredo. Egal, wenn du jetzt keine mexikanische Musik magst. *La Cucaracha* ist eigentlich doch nicht so blöd. Schauen Sie doch noch mal, Frau Lorbois, ob Sie uns diese verfluchten Mexi-Musikanten reinkriegen können ..."

La Cucaracha ... La Cucaracha ...

Ich machte es mir auf meinem Stuhl gemütlich und kreuzte die Arme. War ganz bei dieser verdammten Musik. In der Brusttasche spürte ich die harte Knarre an meinem Herzen, erigiert wie ein Penis ... Gloria ging die Treppe der Metro hinunter, auf ihren Lippen das Lied von der Kakerlake.

GLORIA

Nachdem ich die Lorbois' verlassen hatte, klapperte ich zwei oder drei Cafés ab, um meine aufkommende Trunkenheit nicht abflauen zu lassen. Ich verfügte jetzt über etwas sauberes Geld, das mir Fredo diskret aufgedrängt hatte. Aber in meinem Kopf war nur Gloria. Ich fühlte, wie sie dort ungezwungen auf und ab ging. Die hohen Absätze ihrer Schuhe schmerzten süß. Manchmal dachte ich zwei oder drei Wochen lang nicht sehr an sie, dann pochten mir plötzlich wieder die Schläfen, das Herz, der Magen, alles; wie ein verdammtes, sanftes Fieber, das in mir fraß. Und dann mußte ich sie sehen ...

Ohne vorher anzurufen, ging ich zu ihr. So konnte sie keine Ausrede vorschieben.

Sie wohnte in einem Haus, das sich von dem von Fredo stark unterschied. Hier lag Wohlhabenheit in der Luft. Kurz nach unserem ersten Treffen hatte Gloria einen gut verdienenden Typen geheiratet. Er war kein armer Hund wie ich, hatte alles, um es zu etwas zu bringen. Mir begegnete er mit Mißtrauen. Besonders eigenartig fand er, daß Gloria und ich uns duzten. Wenn ich darüber nachdachte, fand ich das auch. Wie es dazu gekommen war? ... Es war einfach so passiert, mehr nicht. Vielleicht hatten es die Sterne so gewollt ...

Ich klingelte. Lautier, der Ehemann, öffnete mit der üblichen

Leichenbittermiene, die er bei jedem meiner Besuche, so selten sie auch waren, aufsetzte.

„Guten Abend“, sagte ich. „Ich war gerade hier in der Nähe. Ich ...“

„Sie haben es mitbekommen, natürlich“, meinte er mit belegter Stimme.

Ich hatte überhaupt nichts mitbekommen, merkte aber, daß irgendetwas nicht stimmte. Ich tat, als ob ich verstünde, und antwortete nicht genauer.

„Kommen Sie“, bat er mich herein. „Aber bleiben Sie nicht zu lange.“

Ich folgte ihm in ein nett eingerichtetes Zimmer. Gloria saß auf einem Sofa, mit einer älteren Frau, die ihr vage ähnelte. Instinktiv suchte mein Blick die Zwiebeln. Ich hatte nämlich das Gefühl, in eine Schälaktion dieser Tränenpflanze geplatzt zu sein. Die beiden Frauen hatten offensichtlich geweint. Ich ließ wirklich keine Gelegenheit aus, kam genau zur rechten Zeit. Das war eine verdammte Gabe von mir ...

Auch ungeschminkt war Gloria schön. Die Müdigkeit in ihrem Gesicht steigerte sogar noch seinen Reiz. Ihre an den Lidern geröteten feuchten Augen hatten immer noch den Goldflimmer.

„Guten Abend, Jean“, sagte sie und gab mir die Hand. Sie stellte mir ihre Mutter vor.

„Es ist nett von Dir, daß Du gekommen bist“, fuhr sie fort.

„Äh ... ich weiß nicht“, stammelte ich ungeschickt. „Was ist passiert?“

„Sie wissen nicht Bescheid?“ fragte Lautier erstaunt.

„Ich komme gerade von einer Reise“, log ich halb.

„Aber die Zeitungen ... Ihr Vater wurde ermordet ... Monsieur Lebas ...“

Ich hatte sie unter dem Namen Gloria kennengelernt, dann wurde sie Madame Lautier. Ihren Mädchennamen hatte ich nie erfahren. Sie hieß also ursprünglich Lebas, genau wie der, den ich ordentlich voll Blei gepumpt hatte! In meiner Tasche zerknüllten meine Finger krampfhaft die neuen Scheine. Ich verkniff mir das Lachen. Sie weinte wegen mir. Was für eine Überraschung! Ein selten wertvoller Moment, wie man so sagt. Diese Tränen hatte ich ausgelöst. Verdammt! Ich bereute nichts. Ich hatte recht gehabt, diesen Kerl aufs Korn zu nehmen, ihn wie ein Sieb zu durchlöchern, unkenntlich zu machen. Wenn ich ihn durch eine saubere Kugel in die Stirn oder ins Herz getötet hätte, hätte es sie zwar betrübt, aber nicht in dem Maße wie jetzt. Es war das grauenhafte Gemetzel, das sie erschütterte. Vielleicht hatte sie die Leiche gesehen. Auf jeden Fall hatte man sie ihr beschrieben oder sie hatte sie sich vorgestellt. Sie ... Ich ließ mich in den Sessel fallen.

„Oh!" flüsterte ich.

Sie mißdeutete meine Gefühle und warf mir einen dankbaren Blick zu. Mein ganzes Wesen bebte innerlich vor bösartigem Lachen. Ich war glücklich. Ich beschenkte die trübseligen Anwesenden mit den entsprechenden Floskeln und stand nach einiger Zeit auf.

„Gut", sagte ich. „Ich gehe jetzt."

Es war schon spät, und ich fürchtete die ... unliebsamen Begegnungen. Ich näherte mich Gloria. Unter dem Vorwand der Anteilnahme hätte ich sie gern an mich gedrückt, ihr Haar gestreichelt. Ich tat es aus zwei Gründen nicht: Ihr Ehemann belauerte mich argwöhnisch, und außerdem hätte Gloria an meiner Brust die Ausbuchtung des Revolvers gefühlt.

Ich weiß nicht warum, aber einen Moment später auf der Treppe brachte mich dieser letzte Gedanke zum Lachen, zu einem bitteren und falschen Lachen.

*

Albert und ich wohnten in zwei verschiedenen Hotels, die sich aber in der gleichen Straße befanden. Wir lebten zwischen einem Gaswerk und einem Lokomotivschuppen. In der Straße roch es nach Ruß und Koks. Hier und da leuchteten Kneipen mit ihrem gelblichen Licht. Das waren die einzigen Funzeln, die diese Schlammgrube erhellten. Die beiden städtischen Kandelaber brannten nämlich schon lange nicht mehr, seit jener Nacht, in der ein Pole seine Frau getötet und, bevor er sich das gleiche antat, als Feind des Lichts die Glühbirnen mit seiner Kanone heruntergeholt hatte.

Ich ging in Alberts Hotel.

Seine Rückkehr war glatt gegangen. Er saß im Schneidersitz

auf dem Bett und studierte die Zeitungen, die um ihn herum lagen. Er reichte mir eine.

„Hast du unser Werk gesehen?"

Es handelte sich um ein Boulevardblatt, das auf Skandale und schlüpfrige Geschichten spezialisiert war. Einem Reporter war es gelungen, sich ein Foto von Lebas' Leiche zu besorgen. Der ehemalige Beauftragte der Geschäftsleitung der Folk-Betriebe war nicht schön anzusehen. Auf dem Bild sah man eine Generalstabskarte, Tintenflecke, eine Mortadella im Querschnitt, alles was man wollte, nur keinen menschlichen Körper.

„Dem haben wir die Suppe versalzen", meinte Albert zynisch. „Er hätte besser die Klappe gehalten."

Ich teilte diese Meinung nicht.

„Ich denk' gerade an etwas Lustiges", sagte ich. „Dieser Typ hat sicher Familie. Nehmen wir an – vom Alter würde es hinkommen –, er hätte eine verheiratete Tochter. Glaubst du, daß sie heute nacht mit ihrem Mann schläft?"

„Du bist vielleicht einer. Immer stellst du dir komische Fragen. Das geht dich doch einen Dreck an."

„Die Neugier eines Intellektuellen", spöttelte ich.

„Verdammt!" fluchte er. „Ich frage mich, was in deinem Kopf vor sich geht. Hör mal zu jetzt. Wenn das mein Alter gewesen wäre, ich glaube, das hätte mich auch aus den Stiefeln gehauen, auch ohne daß ich ihn sehr gemocht hätte. Aber eine Frau ..."

„Das glaube ich auch", sagte ich.

Nein, diese Nacht würde sie keine Liebe machen. Diese Nacht hatte ich sie für mich allein.

*

Es war nicht das erste Mal, daß sie in meinem Schlaf herumspukte. Ich träumte oft von ihr. Im allgemeinen spielte der Traum in einem Café oder auf einem Platz. Niemals woanders. Ich betrat das Café oder kam auf den Platz. Im ersten Fall erschien sie oben an einer Treppe, während ich, zehn Stufen tiefer, an der Theke stand. Sofort waren meine Beine gelähmt und die Decke senkte sich, bis sie auf meinen Schultern lag. Ich war eine lächerliche Karyatide, von Kopf bis Fuß, innen und außen von Schmerz erfüllt. Ein ungeheures Verlangen nach Bewegung packte mich, aber ich schluchzte angesichts der

Unmöglichkeit, mich zu rühren. Um mich herum blieben die Leute meiner verzweifelten Lage gegenüber gleichgültig. Die Decke hatte sie verschont, bedrohte sie auch nicht, und sie führten ihr normales Dasein. Und Gloria stand immer noch am oberen Ende der Treppe, in ein langes weißes Gewand gehüllt. Im Traum mit dem Platz brach ich gleich nach meiner Ankunft zusammen. Ein eigenartiger und unbekannter Schmerz nahm mir den Atem. Straßenbahnen fuhren vorbei, auf die ich gern aufgesprungen wäre. Beine aus Blei aber machten mir jede Bewegung unmöglich. Und in jedem Wagen, der vorbeifuhr und den ich nicht erreichen konnte, saß Gloria in ein jungfräuliches Kleid gehüllt wie in ein Leichentuch.

An dieser Stelle des Traumes weckte mich regelmäßig der unerträgliche physische und psychische Schmerz. Die Nacht, die mich sowieso oft in Angst und Schrecken versetzte, webte um meine Schlafstatt ein klebriges Netz voll von Gefahren. Die Mauern trieften vor Feuchtigkeit. Eklige Dämpfe stiegen aus dem Hof hoch. Es war dunkel, aber im gespenstischen Schatten ahnte ich den schäbigen Wandschirm, die wackligen Möbel, den Fäkalien-Kübel, die Waschschüssel und das Bidet aus angeschlagener Emaille und schließlich das ganze Elend, das immer mein Los gewesen war. Ich stellte mir vor, wie Gloria sich in einer duftenden Wolke, zwischen Seide, Satin und feinem Leintuch mit einem anderen vergnügte. Mit geballten Fäusten und zusammengebissenen Zähnen vergrub ich meinen Kopf in das schmutzige Kissen. Ich brüllte lautlos in mich hinein bei dem Gedanken an all die Mädchen, die sich in diesem Augenblick der Lust hingaben; beim Gedanken an all die männlichen Wesen, die ihnen Lust bereiteten. Ein tiefer, erschöpfender Haß stieg in mir hoch.

Diese Nacht heute war wunderbar ... solange der Traum andauerte. Er spielte in einem Bistro, einem verrufenen, aber sympathischen Ort mit irgendwelchen harmlosen Gästen. Ihre Gesichter hatten nicht das gräßliche Stigma des Verbrechens, es waren nicht die Galgenvögel, die so häufig in meinen Träumen auftauchten. Ich hatte mich mit *ihr* verabredet. Sie erschien in einem eleganten grauen Kostüm, nicht im weißen Kleid. Ihre Bluse hatte einen tiefen Ausschnitt. Wenn sie sich nach vorn neigte, zeigte sich ihr betörender Brustansatz. Meine zitternden Hände umfaßten ihre Taille. Unsere Lippen vereinigten sich. Im Mund hatte sie alle Früchte der Erde, schöne Landschaften, singende Bäche. Und ich nahm sie da auf der Stelle vor diesen x-beliebigen und verschwommenen Leuten, die sich für unsere Spiele nicht interessierten.

Ich erwachte mit feuchter Stirn, die Oberschenkel klebrig von meinem nächtlichen Erguß. Diese Nacht hatte ich Gloria ganz für mich allein gehabt. Es war zu schön gewesen. Eine unendliche Traurigkeit ergriff mich, die durch das bleiche Morgengrauen, das sich unmerklich in mein Zimmer schlich, noch verstärkt wurde. Ich mochte das Morgengrauen nicht, denn seit langem wachte ich nur noch wie ein zum Tode Verurteilter auf. Genausowenig mochte ich die Dämmerung, diese Verkünderin der Finsternis, die mich in meiner Einsamkeit vor Entsetzen lähmte. Diese unendliche Traurigkeit. Schwarz wie eine Kakerlake. *La Cucaracha.* Ich fühlte mich genauso zerschlagen und jämmerlich wie in meinen gewöhnlichen Träumen. Man mußte der Wahrheit ins Gesicht sehen: Es gab keine Lösung für dieses Problem. Nie würde ich Gloria anders besitzen als im Traum, und dessen Bilder konnte ich nicht einmal beeinflussen. Die Mauer, die uns trennte, war unüberwindbar. Und der Weg, den ich eingeschlagen hatte, das, was ich getan hatte, war nicht gerade das, was sie zum Einsturz bringen würde.

Der Traum war köstlich gewesen. Zu köstlich. Die Wirklichkeit war um so grausamer.

VI
NACHT

Ich ging ins Versammlungslokal, um ein bißchen Geld zu holen. Ich erklärte Christus, daß ich mich selbst bei der Verteilung vergessen hatte.

„Du bist wirklich einer von der reinen Sorte", meinte er.

„Das sag ich mir auch manchmal", spöttelte ich.

Mit Christus konnte man reden. Er reichte mir einige weniger heiße Scheine als die von gestern und fragte nach meinen Plänen. Er sah nicht besonders gut aus. Ich erinnerte mich an die mißbilligenden Äußerungen einer bestimmten Person.

„Ich weiß nicht", sagte ich trocken, „ob meine Aktivität

nach jedermanns Geschmack ist.“

„Kümmer' dich nicht drum“, lächelte er. „Wir brauchen den Zaster, um Genossen zu helfen, um unsere Publikationen herauszugeben und ...“

Er hielt inne.

„Und was?“

„Ich hab' die Nase voll von diesen Theorien. Mir scheint, seit wir für eine bessere Welt kämpfen, verschlechtert sich die, in der wir leben. Wenn wir uns einzeln ein ruhiges Leben schaffen könnten ...“

„Wir sind gerade dabei“, lachte ich laut auf.

Er warf mir einen durchdringenden Blick zu.

„Ich seh' schon“, flüsterte er. „Du wirst wohl nie wissen, was ein ruhiges Leben ist, nicht? Du spürst, daß es ein verbotenes Terrain ist. Auch ich empfinde es oft so. Wir sind eine verdammte Brut. Und das Beste ist, daß es uns zu gefallen scheint. “

Sein abgemagertes Gesicht fiel in tiefe Traurigkeit. Er näherte sich der Glastür, die uns von der Druckerei trennte, und blickte plötzlich abwesend hindurch. Schweigen. Dann, mir immer noch den Rücken zugewandt:

„Woran glauben wir, Jean?“

„Ich weiß nicht“, sagte ich.

Er drehte sich zu mir um:

„Glaubst du persönlich noch an irgendetwas?“

Ich begann, leise zu lachen, als ob ich unter Schwierigkeiten ruckweise erbrechen würde.

„Ich würde gerne an die Liebe glauben ... Das mag sich kindisch anhören, aber so ist es. Liebe, das ist das Leben selbst, sein Schwerpunkt, aber das Leben ist zum Kotzen, also: die Liebe ... die Frauen verderben alles ... Alles nur Schlampen und Huren!“

„Die Huren sind doch gar nicht so schlecht“, sagte er träumerisch.

„Gleichzeitig zu sehr Hure und doch nicht genug, ich weiß nicht, ob du verstehst, was ich meine ... Man sollte nicht hoffen, auf die zu stoßen, die wirklich zu einem paßt ... Und wenn man sich das einbildet, tauchen haufenweise Schwierigkeiten auf, und alles geht den Bach runter ... Es gibt nichts Absolutes ... immer dieses Gefühl der Unzufriedenheit ... diese Sehnsucht nach einem anderswo ...“

„Oh, verdammt!“ brummte er. „Hören wir auf mit dieser Haarspalterei! Gerade das macht uns fertig ... Hast du irgendwelche Pläne?“

Ich kam auf die Erde zurück.

„Machen wir so weiter?“

„Könnten wir! Das erste Ding ist nicht so schlecht gelaufen. Du hast die Sache ausgezeichnet organisiert, und die Bullen tappen im Dunkeln, daß es eine Freude ist. Ich denke, wir können's wiederholen. Das wird sie endgültig verwirren.“

„Glaub mir, wir bringen die zur Raserei und dabei auf den Trichter!“

„Und würde dich das stören?“

„Du hast von einem friedlichen Leben gesprochen“, spöttelte ich. „Wie, glaubst du, wird dieser kleine Scherz hier enden? Denkst du, die Regierung zahlt mir Rente, wenn ihre Polizei mich erwischt hat? ... Aber die haben mich noch nicht, und die werden noch von mir hören, das versprech' ich dir! Ich hab' dir gesagt, daß wir zum Schluß die Bullen zur Raserei bringen werden. Das hoffe ich stark. Und nicht nur sie werden rasen. Die ganze Bevölkerung auch ... Wütend und mit einer Mordsangst ...“

„Du regst dich zu sehr auf“, bremste mich Christus. „Und genau das stinkt gewissen Genossen, die der direkten Aktion, wie wir sie im Auge haben, sowieso schon feindlich gegenüberstehen. Das Gemetzel von gestern hat nicht jedem gefallen.“

„Wir konnten nicht anders. Dieser Lebas hat schließlich mit dem Tanz angefangen ...“

„Das bezweifle ich ja nicht; aber versuch das nächste Mal, den Schaden in Grenzen zu halten.“

„Das entscheidet der Gang der Dinge“, sagte ich.

„Jaah, jaah“, summte er. „Jetzt weiß ich, woran du glaubst“, fuhr er fort. „Daran ...“

Seine Hand näherte sich der Wölbung des Revolvers, der in meiner Brusttasche steckte. Instinktiv machte ich einen Sprung rückwärts. Ich merkte, wie ich erblaßte.

„Heh!“ rief er. „Hast du Angst, daß ich ihn dir klaue?“

„Ich weiß nicht“, sagte ich, selbst erstaunt über mein Verhalten. „Aber ich hatte plötzlich so ein komisches Gefühl. Mir ist klar geworden, daß ich es nicht mag, wenn jemand anders diese

Maschine anfaßt. Sie ist sowas wie ein heiliger Teil meiner Person."

„Genau was ich sagte."

„Sag mal, woll'n wir 'ne andere Platte auflegen?" schlug ich vor.

„Also die andere Seite. Die Zeitungen halten die Wiederaufnahme der Arbeit in den Gruben für sehr wahrscheinlich."

„Der Bericht ist von gestern. Die Jungs hatten noch nicht das erhalten, womit sich bekanntlich die ganze Welt regieren läßt. Das wird sie aufpäppeln."

„Schon möglich."

Unsere Blicke kreuzten sich. Beide drückten etwas Verschwommenes und Unbeschreibbares aus, Verwirrung, Beunruhigung und ... Überdruß.

*

Nachdem ich Christus verlassen hatte, führte mich mein erster Weg in ein Blumengeschäft. Ich bestellte einen sehr schönen Strauß für den Sarg Monsieur Lebas', den Beauftragten der Geschäftsleitung der Folk-Betriebe, gestorben in Ausübung seiner Pflicht, auf dem Feld der Ehre derjenigen, deren Beruf der Umgang mit und das Herumschleppen von eigenem oder fremdem Zaster ist. Ich wußte nicht, an welchem Tag die Beerdigung stattfinden sollte, aber ich ließ den Strauß sofort zu Gloria bringen. Sollte sie doch selbst sehen, was sie damit anfing.

Nachdem ich meine Pflicht als Mann von Welt erfüllt hatte, schlenderte ich den ganzen Tag so herum. Bei Einbruch der Nacht kehrte ich nach Hause zurück.

Der Hoteldiener sagte mir, daß im Laufe des Nachmittags ein „Herr" nach mir gefragt hätte. Als ich mich nach dem Aussehen des Unbekannten erkundigte, rückte er eine vage Beschreibung heraus. Danach ähnelte mein Besucher einem Bischof genauso wie einem Luden, einer Filmschauspielerin oder einer Gaslaterne ... man konnte es sich aussuchen. Das lag jedoch nicht daran, daß der Typ dem Hausdiener nicht aufgefallen wäre. Er war am Nachmittag zweimal da gewesen, hatte sich also nicht so leicht entmutigen lassen und würde sicher wiederkommen.

„Ist gut", sagte ich mit gleichgültigem Gesicht. „Wenn er auftaucht, sagen Sie ihm, daß ich in meinem Zimmer bin."

Ich stieg die verfallene Treppe hoch, die nach kürzlich angefeuchtetem Staub miefte, und fragte mich, ob die Polente wohl schon auf meiner Spur war. Das hätte mich erstaunt, aber man mußte mit allem rechnen.

In meinem Zimmer machte ich meine Knarre einsatzbereit. Mir fiel allerdings ein, daß die Bullen im Allgemeinen zu zweit unterwegs waren. Auf jeden Fall behielt ich den Revolver schußbereit in Reichweite. Nachdem ich vor dem zersplitterten Spiegel die Empfangsszene für den vermeintlichen Polizisten mehrmals durchgespielt hatte, wartete ich.

Wenig später hörte ich die Treppe ächzen. Es klopfte an der Tür. Wie im Drehbuch vorgesehen, öffnete ich als Waffenarsenal verkleidet. Es war kein Bulle, sondern Marcel. Allerdings nicht der Marcel, der sich zu dieser Stunde im Paradies an die Engel weiblichen Geschlechts heranmachte ... Der da war am Nachmittag zweimal dagewesen. Das Komitee wollte mich sehen. Für diese Nacht war eine außerordentliche Versammlung einberufen.

*

Der weiße Holztisch verschwand fast unter den ausgebreiteten Zeitungen. Dahinter befand sich Christus. Albert saß auf der Seite, seinen Arsch schräg in einem durchgesessenen, wackligen Strohstuhl. Mit einem Messer schnitzte er eine Margerite in den Holztisch. In seinem tiefsten Innern war er sentimental. Er machte stark den Eindruck, ein Abführmittel geschluckt zu haben.

Von den zwei anderen Anwesenden war mir zumindest einer nicht wohlgesonnen: Raymond, 50 Jahre auf dem Buckel, mit dem weißen Schnurrbart des altgedienten Kämpfers. Er hatte soviel Erfahrung, daß er andere damit in den Tiefschlaf versetzte und glaubte mehr oder weniger an den Weihnachtsmann. Meine Betrachtungsweise der sozialen Kämpfe ekelte ihn an. Er war der erbittertste Gegner aller Abweichler von „der Reinheit der Lehre." Der gleichaltrige Christus dachte da anders.

Die andere Gestalt, die ich nicht kannte, hätte es nötig gehabt, sich gründlich das Gesicht zu waschen. Wahrscheinlich hatte er sich wieder und wieder gewaschen, aber Kohle ist nicht so leicht aus den Poren herauszubekommen. Mein Wissen über Bergarbeiter beschränkte sich auf die Erinnerung an einige hier und da in der Presse flüchtig gesehene Fotos, aber ich zweifelte keine Minute, daß es sich hier um einen Vertreter dieser Zunft handelte.

Es herrschte vollkommene Stille. Im Raum stand ein tiefes Unbehagen. Der Geruch des Tabaks, vermischt mit dem der Tinte, verstärkte die drückende Atmosphäre. Der schlecht beleuchtete und stinkende Ort strömte etwas Düsteres und Unheimliches aus. Ich spürte, daß man mit mir abrechnen würde. Ich schaute zu Albert. Ich fürchtete, daß er mehr über Marcels Hinrichtung wußte, als ich vermutete, und meine Vorgehensweise nicht verdaut hatte. Aber der Blick, den er mir zuwarf, enthielt keine Spur von Feindschaft.

„Was ist los?“ fragte ich.

„Es geht schief“, sagte Christus unter Räuspern und schüttelte sich. „Die Bergarbeiter arbeiten ab morgen wieder.“

„Oh!“ erwiderte ich. „Waren wir zu spät?“

„Nein!“ rief Raymond. „Aber sie wollten dieses Geld nicht.“

„Wo ... wollen es nicht?“ stotterte ich. Diese Ablehnung kam mir wie ein Verrat vor.

„Die Zeit der illegalen Aktionen ist vorbei“, fuhr Raymond triumphierend fort, „und im Übrigen haben die nur unsere Lehre in Mißkredit gebracht. Ich habe mich fast umgebracht, euch das klarzumachen, als du uns eure Enteignungsaktionen vorschlugst. Aber ihr wolltet ja nicht auf mich hören. Die Arbeiter erteilen euch jetzt eine Lektion. Sie wollen von diesem blutigen Geld nichts ... die Genossen sind zu gesünderen Auffassungen zurückgekehrt.“

„Du würdest einen guten Abgeordneten abgeben“, stieß ich zwischen den Zähnen hervor. „Wirklich. Einen feinen Abgeordneten. Du mit deinen Phrasen! ... Halt deine Schnauze, oder ich knall dich ab!“

„Beruhigt euch!“ rief Christus. „Wir haben was auf die Nase gekriegt. Gut. Aber wir können noch diskutieren ...“

„Mit solchen Mördern diskutiert man nicht“, setzte Raymond seine Wahlkampfphrasen fort. „Die illegalen Aktionen sind sowieso nichts, worauf wir stolz sein können, und wenn sie noch dazu unter solchen Umständen wie neulich gemacht werden ...

Außerdem möchte ich es wiederholen: alle Genossen sind der Meinung, wir sollten diese Praxis aufgeben. Es ist zu gefährlich und bringt die ganze Bewegung in Mißkredit. Ich frage mich, wie wir dir freie Hand lassen konnten, dir und deiner Clique ... damit du dieses fürchterliche Gemetzel anzettelst ... schöner Humanismus!"

Er hatte nicht ganz unrecht: aber das Leben war zum Kotzen, und ich konnte nichts dafür.

„Dieser Lebas hat angefangen", sagte ich und blieb meiner Notwehrtheorie treu. „Wenn ..."

„Vergiß es", riet mir Albert. „Und steck' deine Kanone weg. Der Herr ist empfindlich ..."

Automatisch gehorchte ich. Ich fühlte mich einsam und müde. Der Name Lebas ließ mich an Gloria denken. Ich dachte an sie und an einen Haufen anderer Sachen. Ich nahm an der Diskussion, die folgte, nicht mehr teil. Ich war abwesend. Ich dachte, daß alles schief ging, was ich anpackte, daß diese Bergarbeiter Schwachköpfe waren, daß es natürlich ein Fehler der Genossen dort war, die Herkunft des Geldes verraten zu haben, daß aber diese Bergarbeiter in jedem Fall vollkommene Knalltüten waren und ihr durchschnittliches und schäbiges Dasein durchaus verdienten. Verflucht nochmal! Wenn sie so wählerisch waren, dann sollten sie doch ruhig weiter schuften, Schläge einstecken, ihre Frauen streicheln, die genauso häßlich waren wie sie, und kleine Bergarbeiter machen. So konnten sie auf ihre Emanzipation durch einen göttlichen Eingriff warten und von der Revolution, der besseren Gesellschaft und anderen immer wieder versprochenen Albernheiten, die dann doch niemals eintrafen, träumen.

Ich tauchte aus meinen dumpfen Grübeleien auf, um mich nach dem Verbleib des Zasters zu erkundigen. Der Genosse, der wie ein Bergarbeiter aussah und die Beute mitgenommen hatte, ergriff das Wort. Er erklärte mir, daß er sich bemüht hätte, vor einigen Mitgliedern des Streikkomitees unseren Standpunkt, den er teilte, zu verteidigen. Man hätte aber nicht auf ihn gehört. Diese Einzelheiten waren mir schnuppe. Ich wollte wissen, wo die Moneten waren. Die „unreinen" Moneten waren dort geblieben.

„Diese ehrlichen Arbeiter sollten wissen, daß dieser Kies mir gehört und ihn mir zurückschicken, statt ihn untereinander zu verteilen", spottete ich.

„Sie wollen ihn auf keinen Fall verteilen", protestierte der Bergarbeiter. „Und da sie keinen verpfeifen, werden sie nichts sagen und ihn verbrennen. Außerdem gibt es nur sehr wenige, die von der ganzen Sache wissen."

„Ein Glück, daß die immerhin dichthalten", sagte ich.

Ich stand auf.

„Wiederseh'n, Christus. Ich werde hier nicht mehr gebraucht. Man wird mich eine Zeitlang nicht mehr sehen. Ich hab' die Nase voll von diesen Diskussionen und Streitereien."

Er war die unvorhergesehendsten Abgänge und Ankünfte gewohnt und zuckte bloß die Achseln.

„Was wirst du machen?" fragte er.

Eigentlich stellte er niemals Fragen. In diesem Fall tat er es nur, weil er die Antwort schon wußte. Ich begann, nervös zu lachen:

„Versuchen, mir ein schönes, bescheidenes, friedliches Leben zu schaffen. Mein Traum ist es, eine Villa mit einschlägigem Namen zu besitzen, das Ganze mit einer schönen Gefährtin und obendrauf mit zwei Gören garniert ... Und ein Paar Pantoffeln."

„Na gut", sagte er ironisch, „ich bin überzeugt, daß du alles das bekommen wirst."

„Aber klar, es ist doch schon so gut wie alles da."

Ich drehte mich zu Albert. Er hob die Hand.

„Ich komme mit", sagte er.

Er folgte mir, ohne sich von jemandem zu verabschieden. Wir gingen hinaus. Die Straße war verlassen. Ein Nieselregen betonte die Öde des wenig belebten Viertels. Unter den Straßenlaternen glänzte der Bürgersteig, und in ihrem blinkenden Licht sah man in den Straßenmulden kleine Pfützen, in die die Regentropfen einschlugen. Durch zur Nacht geöffnete Fenster konnte man eine Hängelampe, ein Stück Tapete, die Ecke eines Möbelstückes sehen, ein friedliches Arrangement, das einem den Katzenjammer eintrieb. So lebten die Leute! Alles so ruhig und so milde. Es stach einem ins Herz.

Mit langsamen Schritten entfernten wir uns vom Versammlungslokal, der Regen konnte uns nicht stören.

„Was für eine Bande", brummte Albert, nachdem er eine

Weile gegrübelt hatte.

„Ich hatte was in der Art erwartet", sagte ich. „Wir haben an eine Tradition angeknüpft, die wohl wirklich tot ist."

„Und für nichts und wieder nichts stecken wir in der Patsche. Ich laß' die sausen. Auf die kann man sich nicht verlassen"

Er zündete sich eine Zigarette an. Ich tat dasselbe.

„Umsonst war es nicht", flüsterte ich. „Ich mach' weiter."

„Was willst du machen?"

„Wieder mit Paul Kontakt aufnehmen und auf eigene Rechnung arbeiten, wie gute Bürger. Jetzt wird der ganze Zaster für uns sein. Schluß mit der Selbstverleugnung. Ist doch alles nur Schall und Rauch. Die Bergarbeiter haben's uns gezeigt. Das sind brave Typen. Schwachköpfe, aber brave Typen. Wir hingegen sind jetzt in Schwung, mein Alter. Bremsen ist unmöglich. Für einen Mord werden wir nicht mehr büßen als für fünfzehn. Wenigstens einmal richtig von diesem verdammten Leben profitieren – bist du dabei?"

Er blieb stehen, ergriff mich an den Aufschlägen meiner feuchten Weste und sah mich hart an. Seine Zigarette im Mundwinkel war ein blutroter Fleck. Rauch stieg von seiner Kippe auf, und er mußte das linke Auge zusammenkneifen. Seine breiten Augenbrauen erschienen noch dichter.

„Ich würde die ganze Welt in Klump hauen", knurrte er.

„Schon gut, schon gut", lachte ich. „Mach dich nicht wilder als du bist. Das sagt man so, und dann ..."

Ich befreite mich aus seinem Griff. Den Wunsch nach Vernichtung des Menschengeschlechts hatte ich nie laut ausgesprochen. Aber an seltsamen Träumereien fand ich Gefallen ... Wenn ich eine Stelle auf der Erdkugel kennen würde, von der aus man das ganze Universum im Blick hätte, würde ich hinrennen, einen Pfahl in die Erde schlagen, mir eine Schlinge um den Hals legen, mich in die Leere stürzen und die ganze Welt im Fallen mit mir reißen ... Und dann gab es noch das Verfahren mit dem Tunnel, der von einem Pol zum anderen in den Schoß der Erde gebohrt ist, und den man mit Dynamit vollstopft ... aber das war alles Dichtung. Am besten knallte man die Leute einzeln ab.

„Ich schwör's dir, ich werde es tun", sagte Albert und ging mit langsamen Schritten weiter.

„In der Zwischenzeit werden wir erstmal leben", meinte ich.

„Es wird vielleicht kurz sein, aber garantiert gut."

„Was hast du vor?"

„Eine Bank, hübsch wie eine Blume. Eines schönen Tages gehen wir sie pflücken. Jetzt habe ich langsam die Nase voll von diesem Regen. Ich würde lieber 'ne kleine Runde im Auto drehen. Laß uns eins ausleihen."

Wir entdeckten das gewünschte Objekt in einer dunklen Straße. Das Glück war auf unserer Seite: Es war kein dicker Brummer, die Türen waren nicht abgeschlossen, und der Motor machte nicht mehr Lärm als eine Kaffeemühle. Ich setzte mich ans Steuer. Albert machte es sich neben mir bequem und rollte zwischen seinen Händen eine luxuriöse Modezeitschrift, die auf dem Sitz gelegen hatte. Ein leichtes Nelken-Parfum schwebte im Fahrzeug. Dieses Auto mußte einer Frau gehören. Nur eine leichtsinnige Frau konnte eine Karre Dieben so einfach überlassen.

Ich fuhr kreuz und quer durch ein Labyrinth enger Straßen. Mehrmals passierten wir die gleichen Stellen in verschiedenen Geschwindigkeiten. Mein Treiben kam Albert sonderbar vor.

„Übst du eine Taktik ein?" fragte er.

Es regnete immer noch. Ich stellte den Scheibenwischer an.

„Was hältst du von Raymond?" erkundigte ich mich.

„Ein Waschlappen. Ein ... ich weiß nicht, was er ist", spuckte er aus. „Ein messianist... mess ... Wie sagst du das?"

„Messianisch."

„Genau. Diese Typen, die glauben, daß man das Leben durch Messelesen verbessert."

Es war schön, die Regentropfen die Scheibe hinunterrinnen zu sehen. Der Scheibenwischer schnappte sie mit einem zufriedenen Schnurren. Es erinnerte mich an Glorias Tränen.

„Meiner Meinung nach ist er gefährlich", deutete ich sanft an. „Er hat immer unsere Ideen bekämpft. Wenn er erfährt, daß wir es noch mal machen, ist er fähig, uns zu denunzieren."

Das Parfum der Autobesitzerin war immer noch spürbar. Der Tabakgeruch konnte es nicht vertreiben.

„Da ist was dran."

„Und ob!"

Ich nahm eine Kurve. Motor und Scheibenwischer schnurrten. Ich stellte mir vor, eine dicke Katze zu sein. Gloria mochte diese Tiere, deren Augen sie besaß: voller Geheimnisse und

Schätze. Ich nahm noch eine Kurve und leuchtete die Straße, die sich vor mir erstreckte, mit den Scheinwerfern der Länge nach ab. Um die Ecke schien eine mir vertraute Gestalt zu verschwinden. Ich gab Gas, um sie einzuholen. Von neuem ließ ich die Scheinwerfer spielen. Mit hochgeschlagenem Kragen und den Händen in den Taschen entfernte sich ein Mann im Regen. Ich löschte das Licht und fuhr langsamer. Lautlos glitt der Wagen über das Pflaster, liebkoste es. Der Mann überquerte die Straße. Er hatte gerade die Mitte erreicht, als ich ihm zurief:

„He! Raymond!"

Überrascht blieb er stehen. Unvermittelt blendete ich den Scheinwerfer auf und fing ihn in den starken Strahlen wie einen Schmetterling. Er torkelte geblendet, vergaß zu schreien, versuchte zu fliehen. Ich hielt auf ihn zu, trat das Gaspedal durch. Der Wagen bockte vorwärts. Nie war der Nelkenduft stärker gewesen. Wir verspürten einen dumpfen Stoß.

Der Besitzer des hübschen weißen Ladens, der sich an dieser Stelle befand, konnte sein Schaufenster reinigen lassen.

*

Genauso, wie ich sie in der Modezeitschrift gesehen hatte, erschien sie mir. Den Text erinnerte ich genau. Ich hatte ihn nur einmal gelesen, aber er hatte sich mir eingeprägt:

„... Abendkleid ... Kimono-Bluse aus Krepp mit übereinandergelegtem Vorderteil ... Musselin-Rock mit nichtgebügelten Falten ... Blumenstrauß am Bund ... Doppeltes Armband ..."

Über ihrem leicht asymmetrischen Gesicht waren die Haare nach hinten gekämmt und ließen die Ohren frei. An ihnen strahlten Diamanten. Sie hatte eine feine Nase mit zitternden Flügeln. Leichte Ringe umschatteten ihre Augen. Unter dem durchsichtigen Rock ahnte man das Fleisch wie in Nebel gehüllt. Sie setzte sich ans Fußende meines Bettes, ohne daß es knarrte. Mit herablassendem Blick überflog sie mein schäbiges Zimmer. Offensichtlich fragte sie sich, was sie hier zu suchen hatte. Plötzlich bedauerte ich, daß es nicht noch schmutziger war. Sie sah mich an und schien mir eine stumme Frage zu stellen.

„Sie sind auf Seite 22", sagte ich.

Sie lachte. Ihr Mund war groß – es hätten leicht 40 oder mehr Zähne Platz gehabt – aber schön. Sogar anziehend. Ja, dieser Mund zog mich an. Und diese Zähne auch.

„Habe ich Sie beeindruckt?“ fragte sie kokett.

„Nicht mehr als andere“, erwiderte ich.

In meinen Beinen begann es zu schmerzen.

„Warum verabscheuen Sie mich?“

„Ich verabscheue Sie nicht.“

„Doch, Sie verabscheuen mich. Vielleicht, weil Sie mich begehren.“

Sie bewegte sich und verbreitete einen Duft von Nelken.

„Nicht um alles Geld dieser Welt möchte ich mit Ihnen schlafen.“

„Noch dazu ein Lügner“, lachte sie mich aus. „Wie kindisch! Wissen Sie, daß Sie mir gefallen?“

„Sie Hure!“ log ich weiter. Ich verabscheute sie keineswegs, wäre gern mit ihr ins Bett gegangen und hielt sie überhaupt nicht für eine Hure.

„Sie sind ein harter Brocken“, sagte sie.

„Ich weiß nicht, was ich bin. Hau'n Sie ab, oder ich bring' Sie um.“

Ich hatte Lust, sie zu nehmen, hier mitten im Dreck, in den Kleidern, hatte Lust, ihre Luxusrobe so richtig zu zerknittern und zu beschmutzen, aber ich konnte mich nicht rühren. Die Tür ging auf, und Paul trat ein in Begleitung des Bergarbeiters, den wir am Vortag beim Komitee getroffen hatten. Beide waren bis an die Zähne bewaffnet und trugen rote Armbinden. Bei ihrem Anblick erhob sich die Modepuppe und verschwand durchs Fenster.

„Es geht los“, rief Paul. „Der große Krawall hat begonnen. Auf den Straßen und im ganzen Land wird gekämpft.“

„Die Bergarbeiter marschieren auf die Hauptstadt“, fügte der andere hinzu.

„Verdammt“, sagte ich. „Endlich ist der Tag gekommen! Lange hab' ich drauf gewartet. Wir werden uns reichlich amüsieren, Paul.“

„Du wirst im Versammlungslokal verlangt“, sagte er.

„Ich werde hier verlangt“, erwiderte ich und zeigte auf die Modezeitschrift, die auf dem Boden lag. „Dahin gehen wir. Komm.“

Auf den Straßen war man kräftig dabei, sich auszurotten. Von allen Seiten wurde geschossen. Bomben explodierten. Häuser brannten. In den noblen Vierteln war es noch ruhig. Sobald wir dorthinkamen, wurde das anders.

„Hände hoch!" schrie Paul.

Sie waren alle da, die graziösen Puppen der Modezeitschrift, die, die mich besucht hatte, und ihre Kolleginnen von den anderen Seiten. Die eine im Kostüm, die andere im Morgenrock, die dritte im Abendkleid, eine andere im Negligé. Paul betrachtete sie finsteren Blickes unter seinem Buckel, einen häßlichen Zug um die Lippen, mit harten Augen. Die Maschinenpistole ruhte an der Hüfte, der Finger am Abzug. Sein Atem ging kurz und pfeifend. Ein mächtiger Hunger schüttelte ihn von Kopf bis Fuß.

Der Blonden mit dem weichen und verängstigten Gesicht machte ich ein Zeichen. Sie trug ein kostbares Nachthemd, das mit Mustern und Stickereien verziert war. Ängstlich kam sie näher.

Ich drückte ihr die Arme nach hinten. Ihre Brüste traten hervor. Die eine züngelte aus der Seide wie eine rosa Flamme. Ich begann sie zu kneten, während meine Lippen die des Mädchens suchten. Sie verweigerte sie mir nicht, aber sie waren kalt. Ich preßte meinen Körper gegen den ihren und schob los. Wir trafen auf ein Hindernis, und sie fiel auf ein Sofa ...

Plötzlich hatte ich das furchtbare Gefühl, daß ich mich eine Woche lang abmühen und in einem mechanischen Hin-und-Her wie ein Scheibenwischer bewegen könnte, ohne meiner Partnerin jemals einen Schrei oder einen Seufzer zu entlocken. Mein Anstürmen ließ sie ungerührt. Zwischen meiner und ihrer Haut rann kalter Schweiß. Man hätte das Leinen auswringen können. Ich sah mich um. Paul saß auf dem Boden, die Maschinenpistole in den Armen und beobachtete mich leise lachend. Auf einmal begriff ich. Ich blickte auf das Mädchen. In ihren Mund- und Augenwinkeln und den Nasenlöchern wimmelte es von Larven. Die Haut hatte schon eine fahle Farbe angenommen und strömte einen pestartigen Geruch aus. Benommen erhob ich mich von der Leiche. Paul zog mich in einen benachbarten Flur, in dem sich an den Wänden endlos Glassärge stapelten. Jeder von ihnen enthielt den leblosen Körper einer Frau. Immer noch lachend zeigte mir Paul ein

Schild. Ich las: *Wintervorräte.* Jetzt lachte auch ich los. Paul bückte sich und griff in eine rote Haarpracht vor unseren Füßen. Er hob einen abgeschlagenen Kopf hoch und schwang ihn mit ausdrucksvoller Gebärde wie eine Laterne. Blut tropfte aus den Nasenlöcher und Ohren, von den Lippen und vom Hals. Die starren Augen glänzten golden. Dann näherte Paul meinem Gesicht den Kopf Glorias, deren blutiger Mund zum Biß bereit war.

...

Ich erwachte.

VII
AKTION

Im Laufe des Tages las ich in der Zeitung:

Heute morgen entdeckte man in der Rue de la Voie die Leiche des 55jährigen Raymond Labry. Der Unglückliche ist von einem gestohlenen Auto überfahren worden, das man in derselben Straße, in der der Unfall passierte, fand. Die untersuchenden Beamten nehmen an, daß die Täter junge Leute auf einer Spritztour waren, und keine professionellen Verbrecher. Der Unfall wäre dann auf die mangelnde Beherrschung des Wagens zurückzuführen, den sie nach den tragischen Konsequenzen ihrer Ausfahrt dort zurückließen.“

Nachdem ich in dieser Hinsicht beruhigt war, suchte ich den täglichen Artikel über die Folk-Betriebe. Er erschien inzwischen nur noch auf Seite 3 und enthielt nichts Neues. Man ermittelte weiter und unterzog die diversen üblichen Spuren einer eingehenderen Untersuchung. Kurz, die Polizei war am Schwimmen. Trainierte, um über den Ozean zu kommen. Außerdem kündigten die Zeitungen die Beerdigung Monsieur Lebas', des „bedauerlichen Opfers“, für den nächsten Tag an. Ferner erwähnten sie zwei mißlungene Versuche von Totschlag im Affekt und einen Selbstmord mit Gas. Insgesamt eine magere Spalte. Es wurde Zeit, den Journalisten frisches Futter vorzuwerfen, obwohl sie ziemlich gefräßig und nicht sehr auf Zack waren. Ein Fall wie der der Folk-Betriebe hätte mindestens eine Woche auf der Titelseite sein müssen.

Ich rief bei Gloria an. Mein Herz schlug wild, als ich ihre

Nummer wählte. Das ging mir jedes Mal so. Ich zitterte bei dem Gedanken, daß jemand anders abnehmen könnte. Sogar, wenn ich genau wußte, daß nur sie antworten konnte, fürchtete ich manchmal den Moment, in dem sie mit unpersönlicher Stimme: „Hallo?“ sagte. Es war mir schon passiert, daß ich wieder aufgelegt hatte, bevor jemand auf das Klingeln reagieren konnte.

Heute nahm sie den Hörer ab. Ich bemühte mich, noch einmal so wenig banal wie möglich mein Beileid auszusprechen und entschuldigte mich, nicht an der Trauerfeier teilnehmen zu können. Ich hätte überhaupt keine freie Zeit. (Ich verbrachte sie damit, bestimme Banken näher auszukundschaften.) Sie sagte, daß sie meinen Strauß erhalten hätte und daß ich nett wäre. Ich antwortete, daß ich noch wahnsinnig viel netter zu ihr sein könnte, wenn sie mich erhören würde. Sie riet mir mit ihrer kleinen trockenen Stimme, die ich so liebte, keinen Blödsinn zu erzählen. Sie hatte recht. Ich kam ins Stottern und verabschiedete mich, nachdem sie mich eingeladen hatte, sie an einem der nächsten Tage zu besuchen.

Als Paul von seiner ländlichen Zufluchtsstätte zurückkam, hatte ich wegen des Traums ein komisches Gefühl, ihn wiederzusehen. Ich klärte ihn über das auf, was ich scherzhaft die „neue politische Richtung“ der Gruppe Jean nannte. Er wollte sich uns anschließen. Ich machte mich nun ernsthaft daran, den Doppel-Coup auszuarbeiten, der mir im Kopf herumging, und beauftragte Albert, einen Wagen zu beschaffen. Am gewünschten Tag brachte er ihn uns.

„Morgen geht's los“, sagte ich. „Es wird ein Doppelschlag sein: Eine kleine Bank im Zentrum und eine Baustelle in der Nähe des Schlachthofs. Akzeptable Bezahlung. Nicht mit den 5 Millionen von Folk vergleichbar, aber einfache, nette Scheine, die schon so manches Mal das Portemonnaie gewechselt haben ...“

Wir trafen alle notwendigen Vorkehrungen.

Ich verbarg vor meinen Gefährten, daß ich die Bank sozusagen nur aus Liebe zur Kunst überfiel. Sie hätten meine Gefühle nicht verstanden. Es handelte sich um eine unbedeutende Filiale, und dieser Fischzug allein würde nicht genug bringen, damit wir uns aufs Land zurückziehen konnten. Gewiß, ich brauchte Geld – ich wollte jetzt schnell reich werden, – aber bevor ich mich ernsthaft an die Arbeit machte, wollte ich ein Meisterwerk schaffen, weiterhin für Atmosphäre sorgen. Die erwähnte Bank befand sich in der Straße, wo die schönsten Frauen der Stadt flanierten. Allein dieses Detail war entscheidend gewesen. Ich wollte meine Schau vor einem parfumierten Publikum abziehen.

*

Wir waren gegen 4 Uhr zur Stelle. Die Bank lag an einer Ecke, den Haupteingang zur breiteren Straße. Albert hielt davor.

Es waren keine Wunschvorstellungen gewesen: Auf dem Gebiet des Sex-Appeals schlug dieses Viertel alle Rekorde. Aber in kürzester Zeit würde Bewegung in den Hühnerhaufen kommen.

Gutgelaunt stieg ich aus dem Auto und trug behutsam ein Päckchen über die Straße. Ich ging ein paar Meter und stellte meine zerbrechliche Last in einem Hauseingang zwischen zwei Mülltonnen ab. Dann kehrte ich zu meinen beiden Jungs zurück. Albert hatte den Wagen in die schmalere Straße direkt vor den Hinterausgang der Bank gefahren.

„Los geht's", sagte ich.

Paul zwängte sich aus dem Auto. Jeder von uns trug einen Instrumentenkoffer mit garantiert losgehenden Krachmachern. So betraten wir die Bank durch den Haupteingang. Fünf Angestellte und zwei Kunden bildeten das Publikum. Gleichgültigen Blickes steuerten wir auf die Kasse zu. Wir hatten sie kaum erreicht, als eine starke Explosion erdröhnte, die die ganze Straße erbeben ließ. Ein wildes Losstürmen, Schreien und Fluchen folgte. Ein schweres Mauerstück brach los, zerschlug einen Spiegel und landete auf einer Schreibmaschine. Dabei streckte es beinahe eine Sekretärin nieder, die ohne jeglichen Versuch, etwas zu verstehen, unter dem Schreibtisch verschwand und den Kopf in den Papierkorb steckte. Diejenigen ihrer Kollegen, die nicht auf Tauchstation gingen, rannten neugierig wie die Ziegen hinaus; ein riesiges Tohuwabohu. Ich nutzte das aus, sprang über den Schalter und trat in die vergitterte Kabine der Kasse. Nachdem ich den Kassierer mit dem Pistolenkolben lehrbuchhaft zu Boden geschickt hatte, wovon er seinen Nachfahren noch lange erzählen würde, begann ich, das Bargeld zusammenzuraffen. Paul stopfte die Geldbündel, die ich ihm über den Schalter reichte, in die Taschen. Es war nicht die Welt – der Tresor war verschlossen, und ich hatte keine Zeit, ihn zu öffnen – dieser Coup war vor allem eine Geste.

Es ging wirklich verdammt schnell. Dreißig Sekunden insgesamt, nicht mehr, den Zeitangaben zufolge, die die Zeitungen am nächsten Tag veröffentlichten. Wir wollten gerade durch die Büros flüchten, die zum Hinterausgang führten, als jemand, den die Explosion auf die Straße gelockt hatte, sich umdrehte, uns sah und einen Schrei ausstieß. Paul hinderte ihn, zum Wiederholungstäter zu werden. Er erteilte Kamerad Browning das Wort. Der Trottel sank zusammen. Verwirrt und schreiend stürzten daraufhin die anderen nach draußen. Aber die Menge auf der Straße war zu sehr mit der Explosion beschäftigt, um sich um uns zu kümmern. Trotzdem wurde es Zeit, die Kurve zu kratzen, bevor jemand wieder zur Besinnung kam.

Auf der gepolsterten Tür stand in Metallbuchstaben *Privat,* und sie ging auf, aber nicht aus Ehrerbietung, oder um uns die Arbeit zu erleichtern. Im Türrahmen erschien der Kleidung nach zu urteilen ein Direktor, sein Stellvertreter oder ein Beauftragter der Geschäftsleitung. Offenbar begegnete ich bei meiner Arbeit immer wieder dieser Rasse, die für meine Art Witze so unempfänglich war.

Der Typ war sowohl von der Explosion als auch von den Schüssen alarmiert worden, hatte verstanden, worum es ging, und hielt in der Hand ein Mittel zum Gegenschlag. Ich ließ ihm keine weitere Zeit zum Nachdenken. Ich hatte schon bedauert, den Kassierer nicht umgelegt zu haben. Wahrscheinlich hatte ich es nicht getan, weil er einen krummen Rücken hatte, Kneifer und Pißschnurrbart trug und einer Vogelscheuche ähnlich sah. Der Kerl, der sich jetzt vor uns aufpflanzte, sah mit seinen gelenkigen Tänzerhüften wie ein richtiger Frauenheld aus. Ich korrigierte das sofort. Im Fallen ballerte dieser Depp los, und Paul bekam die Ladung in den Arm. Kein schlechter Kerl, der Paul. Er hätte niemals einem Güterzug etwas zuleide getan, aber er hatte seine nervösen Augenblicke. Er schickte zwei Kugeln in den Schädel des Herrn, um die offene Rechnung zu begleichen. Danach flitzten wir durch die Hintertür.

Die Straße lag verlassen da. Keine Karre außer der unsrigen und niemand bis auf Albert. Alle drängten sich auf der anderen Straße. Die Bombe hatte ihr Werk getan. Ohne weiter Aufmerksamkeit zu erregen, fuhren wir mit mäßiger Geschwindigkeit los.

Wir begegneten einem Fahrzeug der Ordnungskräfte, das zum Ort der Explosion unterwegs war. Die Insassen beachteten uns nicht. Albert gab etwas mehr Gas. Das Auto gehorchte geschmeidig. Eine ausgezeichnete Maschine. Er saß allein vorn, Paul und ich hinten. Die Verletzung des Buckligen war nur ein kleiner Kratzer. Das Jackett hatte mehr abgekriegt als das Fleisch. Alles in Ordnung. Die Beute hatten wir aus den Taschen in einen Sack umgefüllt. Alle Muskeln waren gespannt, funktionsbereit. Für die zweite Hälfte unserer Arbeit waren wir bestens gerüstet.

Wir fuhren über den Fluß in die ruhigen Viertel, wo man von unseren letzten Erfolgen noch nichts wußte. Auf meinen Ratschlag hin legte Albert einen Zahn zu. Wir durften nicht zu spät am Schlachthof ankommen. Plötzlich ein Hindernis, und als wir auf Grün warteten, stürzte ein uniformierter Bulle auf uns zu:

„Na, na, na“, grollte er. „Denken Sie, Sie sind hier auf der Rennbahn?“

„Kommen Sie, Herr Wachtmeister, ärgern Sie sich nicht“, erwiderte Albert gutmütig.

„Es gibt gewisse Regeln“, sagte der andere.

Er war ein Prinzipienreiter. Eine gefährliche Position. Die Regeln ändern sich, und man fällt auf die Nase.

„Aber sicher gibt es Regeln“, stimmte Albert beschwichtigend ein.

Er schielte zur Ampel. Der Polizist bemerkte Paul, der gekrümmt in seiner Ecke saß. Irgendetwas setzte sich unter seiner Uniformmütze in Bewegung.

„Zeigen Sie mir Ihre Papiere!“ befahl er.

Die Ampel sprang auf grün. Die beiden Autos, die vor uns standen, fuhren los.

„Die Bahn ist frei“, bemerkte Albert gelassen.

Er legte den Gang ein. Der Bulle fluchte:

„Ihre Papiere!“

Er sprang aufs Trittbrett.

„Sofort!“ zischte ich.

Furcht und Ungläubigkeit machten sein Gesicht unwiderstehlich komisch. Blitzschnell erkannte er, daß sein letztes Stündchen geschlagen hatte. Ich weiß nicht, ob er Zeit hatte, sich sein eigenes Begräbnis mit bewegter Trauerrede des Präfekten vorzustellen. Ich bediente ihn direkt. Er ließ das Auto los, ruderte mit den Armen und rollte auf die Straße.

„Und jetzt zum Schlachthof.“

Wenn das so weiter ging, paßte diese Bezeichnung wie die Faust auf's Auge.

VIII
LICHTUNG

Als wir mit dem Essen fertig waren, zündeten wir uns jeder eine Zigarette an, und Gloria servierte den Kaffee. Sie stellte eine Flasche Armagnac auf den kleinen Tisch.

„Ich hoffe, das gefällt dir“, lächelte sie.

„Ich liebe guten Kaffee“, sagte ich.

„Ich meinte nicht den Kaffee“, korrigierte sie neckisch.

Die Wohnung war niedlich und gemütlich. Hier mußte man sich wohlfühlen. Eine Katze schlich herum. Sie suchte sich einen geeigneten Platz. Die besten waren vergeben. Lautier belegte eine Sofa-Ecke. Clermont, ein alter Bekannter, und ich hatten es uns in den Polstern der Sessel bequem gemacht. Ich hatte Clermont vor langer Zeit aus den Augen verloren und ihn heute wiedergetroffen. Gloria machte es wie die Katze. Sie ging aufmerksam hin und her – die perfekte Gastgeberin, die für das Wohl ihrer Gäste sorgte. Wenn sie sich umdrehte, erzeugte ihr wirbelnder Rock Schwindel in mir. Mein Gott! Wie ich dieses Mädchen liebte! Eines Tages würde sie mir gehören; es konnte nicht sein, daß es nicht dazu kam. Bald schon würde ich ...

Plötzlich sah ich die Welt wieder durch diese schwarze Brille! Alles nur Träumereien.

„Wovon spracht ihr eben?“ lallte Clermont.

Wir hatten nicht gerade wenig getrunken. Er war nicht mehr

ganz dabei. Der Wein machte ihn träge, und er nickte gelegentlich ein.

„Ich dachte, Sie wären genauso oft schlau wie blau“, meinte Lautier mit verächtlich spöttischem Ton.

„Wer? Ich?“

„Nein. Fraiger.“

„Ach!“ wehrte ich ironisch ab. „Alles Legenden.“

„Ich bin überzeugt“, sagte Gloria, „daß über dich ein Haufen Legenden in Umlauf sind.“

„Gut möglich. Ich beklage mich ja nicht. Es ist ein Beweis meiner Unsterblichkeit.“

„Was für eine Arroganz!“

Sie reichte mir eine Tasse. Aus dem Radio ertönte gedämpft ein Blues. Gloria rollte sich auf dem Sofa zusammen. Lautier streichelte ihr die Schulter.

„Was machst du so in letzter Zeit?“ fragte sie über ihre Tasse hinweg.

„Ein paar Vertretertouren.“

„Läuft das gut?“ erkundigte sich ihr Ehemann und unterdrückte ein Gähnen.

„Nicht schlecht.“

Erfolgreiche Tourneen wäre ein exakterer Begriff gewesen.

Im Radio prasselte der Beifall los. Der Blues war zu Ende.

„Und jetzt unsere letzten Nachrichten des Tages“, kündigte der Sprecher an ... „Eine Woche nach dem spektakulären Coup der Autobande ...“

Lautier stand auf und ließ den Apparat verstummen. Die Erwähnung der Mörder ihres Vaters mußte Gloria belästigen.

„Was für eine fantastische Geschichte“, sagte ich mit unschuldigem Ton.

„Sie werden nicht immer frei herumlaufen“, meinte Lautier und freute sich schon auf ihre Verhaftung.

„Es ist bereits eine Woche her, daß sie die Bank überfallen, einen Polizisten getötet und eine Baustelle ausgeraubt haben“, erwiderte ich, „und man hat noch nicht die geringsten Informationen über sie ...“

„Reden wir doch über etwas anderes“, sagte er.

„Vor kurzem habe ich ein schönes Stück gesehen ...“ Ich begann, aus einer Theaterkritik zu zitieren, die ich in der Zeitung gelesen hatte. Gloria streichelte die Katze. Sie schnurrte auf ihrer Brust. Plötzlich sprang die Katze zu Boden. Ich rief sie. Sie kam, um sich an meinen Beinen zu reiben. Ich liebkoste die Katze und sah Gloria dabei an. Ich fing einen feindlichen Blick des Ehemanns auf. Clermont schüttelte sich und griff erneut zum Armagnac.

„Warum wollen Sie, daß wir über etwas anderes reden?“ sagte er heiser.

Er griff immer mit etwas Verspätung in die Unterhaltung ein. Dieser Typ gefiel mir. Umso mehr, als er bei der Presse war. Seit einiger Zeit hatten die Journalisten einen Stein bei mir im Brett.

„Also“, fuhr er mit der Beharrlichkeit der Betrunkenen fort, „warum wollten Sie, daß wir von etwas anderem sprechen? He! Sagen Sie mal“, grinste er, „das sind nicht zufällig Sie, der Gangster?“

„Trinken Sie einen Schluck, wenn es Ihnen den Schnabel zuschweißt“, knurrte der andere.

„Lautier ist nicht verrückt“, sagte ich scheinbar beschwichtigend. „Diese Banditen sind doch Wahnsinnige.“

„Genau, Wahnsinnige und Mörder“, fügte Lautier hinzu.

„Bei der Presse sind wir genau dieser Meinung.“

Ob man wollte oder nicht, das Gespräch drehte sich um die unheimliche Bande. Ich sah Gloria an. Es mußte ihr weh tun. Dabei wäre ich so gern sanft zu ihr gewesen, aber das war mir wahrscheinlich nicht möglich. Verdammter Mist, daß man nicht über seinen Schatten springen konnte. Ich erinnerte mich an meinen Traum, an die Modefigur, an die ‘Seite 22’.

„Wenn man es sich überlegt, sind es vielleicht doch keine mordenden Verrückten“, sagte ich. „Beim Schlachthof wurde kein Blut vergossen ...“

„Man fragt sich, warum nicht. Sie hatten schon zwei Menschen getötet: den Bankdirektor und den Polizisten, der sie angehalten hatte. Dazu, ebenfalls noch in der Bank, einen schwer verletzt. Am Ende haben sie sich vielleicht eine feste Zahl von Morden täglich vorgenommen ...“

„Also“, fuhr Clermont fort, schwenkte sein Glas und vergoß die Hälfte des Inhalts über seine Hose. „Also, wenn Sie meine Meinung hören wollen, sind das keine gewöhnlichen Übeltäter ... Verrückte sind das ... Verrückte, die eingesperrt gehören.“

„Eines Tages wird man sie schon hinter Schloß und Riegel bringen“, prophezeite Lautier.

„Ich hasse sie dafür, daß sie meinen Vater auf eine solch gemeine Weise ermordet haben“, seufzte Gloria, „aber ...“

„Ist man denn sicher, daß es die gleichen sind?“

„Ich hielt Sie für intelligent, Fraiger“, sagte Clermont. „Dieser Bucklige, dessen Anwesenheit man bei jeder der Gewalttaten festgestellt hat ...“

„Man sagte, daß es ein falscher Krüppel war.“

„Falsch oder echt, ein Typ mit einem Buckel war bei jeder dieser Aktionen dabei ...“

Eines Tages würde Paul uns ins Verderben reißen, das war unvermeidlich. Ich wußte aber nicht, wie ich ihn entbehren konnte. Ein perverses Gefühl brachte mich dazu, ihn in den Vordergrund zu schieben. Dasselbe Gefühl ließ mich Salz in Glorias Wunde streuen.

„Was meintest du?“

„Man weiß nicht, was man von diesen Menschen halten soll“, sagte sie. „Ihre Handlungen sind irrational. Verrückte? Natürlich muß man verrückt sein, so über meinen Vater herzufallen. Aber vielleicht auch Verzweifelte ...“

„Verzweifelte!“ rief Clermont. „Da haben wir das Wort. Ich werde mal ein paar Spalten darüber schreiben.“

„Ich bitte Sie, reden wir über etwas anderes“, wiederholte Lautier.

Clermont schenkte seinem Einspruch keine Beachtung. Er goß sich erneut Armagnac ein und erzählte, daß Furcht die Bevölkerung ergriffen habe.

„Ich frage mich, was sie für ein Leben führen“, flüsterte Gloria verträumt.

„Das, was sie sich ausgesucht haben“, antwortete ich. „Ich hoffe, daß sie sich keine Illusion über das Ende ihres Kampfes gegen die Gesellschaft machen. In der Zwischenzeit leben sie vielleicht prächtig.“

„In Blut und Grauen zu leben, ist kein Leben“, widersprach sie.

„Man sucht sich sein Leben nicht aus“, sagte ich.

„Ihnen kommt's auf einen Widerspruch mehr oder weniger nicht an“, meinte Lautier. Er freute sich, mich als Dummkopf oder inkonsequent hinstellen zu können.

Das Schwein hatte es genau getroffen. In der Tat kam es mir auf einen Widerspruch mehr oder weniger nicht an. Das Leben war eine einzige Kette von Widersprüchen. Das Leben war zum Kotzen. Man dürfte es nicht Leben nennen, sondern Kratzen, Kacken, Kotzen und Krepieren. Ich erhob mich lächelnd.

„Sagt mal ...“

Was wäre ihre Reaktion gewesen, wenn ich ihnen hier mir nichts dir nichts verraten hätte, daß der Mörder, über den sich alle unterhielten, ich selbst war?

„Was denn?“ fragte Gloria.

Ich riß mich zusammen.

„Ich nehme noch ein bißchen Armagnac, und dann gehe ich“, sagte ich. „Morgen muß ich früh aufstehen.“

„Ich auch“, gähnte Lautier.

Mein Entschluß zu gehen, mißfiel ihm nicht.

IX
TRÄUMEREI

Mehr als eine Woche war seit diesem aufregenden Tag vergangen, an dem der Banküberfall, der Polizistenmord auf offener Straße und der Lohngeldraub auf der Baustelle geschehen waren. Wir hatten immer noch die Ehre, in den Schlagzeilen der Boulevard-Presse zu erscheinen.

Clermont hatte recht. Unsere Taten begannen, das Volk zu beunruhigen und die Gemüter zu verwirren. Überall regierte Angst. Brave, anständige Leute, die nie einer Fliege etwas zuleide getan hätten und pünktlich ihre Steuern zahlten, nutzten die Gelegenheit. Wenn sie sich über einen Nachbarn, einen Freund oder sogar einen Verwandten zu beklagen hatten, denunzierten sie ihn anonym bei den Behörden als jemanden, der verdächtig wäre, zur unheimlichen Bande zu gehören.

Diese Lawine von falschen oder der Phantasie entsprungenen Denunziationen führte die Untersuchungsbeamten in die Irre und spielte uns in die Hände.

Die Bullen gerieten in Wut. Sie nahmen aufs Geratewohl einige Bürger fest, die man kurz darauf mal mit, mal ohne Entschuldigungen freilassen mußte. Die Zeitungen überschütteten die Polizei mit Spott. Bald aber wurden gewisse Leitartikel schärfer, und sie warfen ihr kurz und bündig Unfähigkeit vor. Diesen besonders heiklen Moment wählten zwei junge Leute, die neidisch auf unseren Ruhm waren, um im großen, uns imitierenden Stil ein Postamt zu überfallen. Das Resultat: Sie wurden direkt vor dem Eingang geschnappt, und im Verhör ging es vor allem um die Folk-Betriebe und die nachfolgenden Vergnügungen.

Einer dieser Jungen hatte noch dazu einen krummen Rücken. Diese unangenehme Besonderheit war einerseits eine Erbschaft – schlimmer als die Knarre, die er vor den Postbeamten schwenkte – andererseits Ergebnis einer idyllischen Kindheit, die ihn weniger mit umsorgender Aufmerksamkeit als mit Schlägen und Unterernährung verwöhnt hatte. Sofort erschallte Jubelgesang. Endlich hatte man sie, die gefürchteten Übeltäter. Den Buckligen! Den berühmten Buckligen! Zwar war sein Buckel nicht so ungeheuer groß, wie man behauptet hatte, aber ... usw. Das Schönste an der Geschichte war, daß diese ausgekochte Mißgeburt – wahrscheinlich unter dem Einfluß des Gummiknüppels, der ihn kurz in seine Kindheit zurückversetzt hatte – alles gestand, was man wollte. Die Sache bei Folk? Nichts anderes hatte er im Sinn. Das mit der Bank? Dasselbe. Der Polizist? Er erzählte nicht gerade, daß er ihn in Stücke gerissen hatte, aber beinahe. Die Baustelle beim Schlachthof? Das erklär' ich Ihnen sofort ... Sein Kumpan konnte dagegenreden wie der Teufel, es half nichts.

Ich wurde etwas neidisch auf diesen Milchzahngangster. Dank seiner mehr oder weniger spontanen Angebereien vergaß man uns ein wenig. Die Presse erging sich in ihren üblichen rührseligen Äußerungen über jugendliche Delinquenz. Als diese Monster hinter Gittern verschwanden, kehrte wieder Ruhe ein. Die Geldboten konnten wieder unterwegs sein, ohne eine schmutzige Hose zu bekommen. Gelegentlich erhellte sogar ein Lächeln ihre mürrischen Gesichter. Wir nutzten diese Zeit der Euphorie, um einen von ihnen umzulegen, eines Mittags, als es ziemlich heiß wurde – vor allem dem betreffenden Geldboten.

Selbstverständlich konnte nach diesem Coup – „Handschrift eindeutig!“ schrieb ein Schlagzeilenspezialist – der eingelochte Grünschnabel-Gauner nicht mehr bei seiner Geschichte bleiben. Er wurde wieder, was er immer gewesen war: ein armes Schwein ohne Klasse. Den Scheinheiligen von der Presse und denen auf der Straße war kein Wort schlimm genug, um ihn dementsprechend zu brandmarken. Man hatte ihn durch den Dreck gezogen, als er sich zu allem bekannte, was man von ihm als Geständnis hören wollte. Jetzt entdeckte man, daß er ein ausgemachter Lügner war, was seinen Fall in den Augen von manchem erheblich verschlimmerte.

Kurz, wir waren wieder die Stars, und die gereizten Bullen begannen erneut, vor Wut die Zähne zu fletschen. Unsere Nicht-Zugehörigkeit zum Milieu erschwerte ihnen die Arbeit. Wir waren keine gewöhnlichen Gangster. Das verschaffte uns momentane Vorteile.

Das mysteriöse blutrünstige Trio ... Jeden Morgen verschlang die Bevölkerung Schlagzeilen dieser Art. Trotz aller Untersuchungen hatte man nicht mehr herausbekommen. Wir waren drei; wir waren blutrünstig (das konnte man mit bloßem Auge erkennen), und wir waren mysteriös, was auch niemandem weiterhalf.

Zwar gab es diesen verdammten Buckligen, aber es blieben Zweifel an der Echtheit des Buckels. Hier und da nahm man einige Krüppel fest. Nach jedem Überfall verkroch sich Paul sorgfältig.

Der Geldbote, dem wir eine Mahlzeit mit Bleisoße serviert hatten, hinterließ eine Tasche, deren Inhalt es uns ermöglichte, eine Zeitlang auf unseren Lorbeeren auszuruhen. Das war mir nicht das Wichtigste, aber eine Atempause würde gut tun. Ich dachte an Christus und an meinen Traum von einem friedlichen Leben. Ich machte mich auf die Suche nach einer Villa.

*

Mit einer wütenden Bewegung riß Paul die halb gerauchte Zigarette von den Lippen. Er warf sie in Richtung eines angeschlagenen Tellers, der als Aschenbecher diente und auf dem schon eine Menge Kippen lagen. Sie fiel daneben. Er rollte sich sofort eine neue, zündete sie an und kam zu mir ans Fenster. Auf dem Weg trat er die letzte Kippe aus.

Von unserem Beobachtungspunkt aus sahen wir über das

brachliegende Gelände, das sich hinter der Villa erstreckte. Es fiel sanft zum Fluß ab. Eine hohe, efeubewachsene Mauer nahm uns die Sicht auf das Wasser, aber wir hörten das Stakkato der Schlepper und ab und zu ihr heiseres Heulen. Die Bäume rauschten. Der Wind frischte auf und jagte den Regen gegen die Fensterscheiben.

„Es regnet", stellte Paul fest.

Ich sah ihn schweigend an.

Ich drehte den Kopf und betrachtete das Zimmer. Es war zwar nicht so häßlich eingerichtet wie die billigen und verrufenen Hotels, in denen wir immer gelebt hatten, aber nichtsdestoweniger schäbig. Der verschlissene Teppich und die wackligen, staubigen Möbel, die sich keinem Stil zuordnen ließen, gehörten zum Haus. Bevor ich beim Makler erschienen war, der diesen Trödelhaufen vermietete, hatte sich niemand für das Ganze interessiert. Es lag zu einsam an einem im Winter unbegehbaren Trampelpfad und zu weit von der Stadt entfernt. Der Ort sagte nur kauzigen Kerlen wie uns zu.

„Ja", sagte ich schließlich. „Es regnet."

Es goß seit heute morgen. Die Feuchtigkeit drang durch die Mauern. Auch mir wurde langsam klamm. Ich schüttelte mich:

„Laß uns was trinken!" schlug ich vor.

Ich öffnete einen Schrank, nahm eine Flasche heraus, und wir schütteten uns den Kanal voll. Auf einem Regal zerhackte der Wecker die Zeit.

„Vier Uhr", bemerkte Paul und goß sich erneut Rum ein. „Albert ist wahrscheinlich im Kino."

„Albert mag keine Landluft", sagte ich.

Er hatte uns gerade noch geholfen, die Möbel umzustellen, dann war er gleich wieder in sein städtisches Leben zurückgekehrt. Nein, der mochte wirklich keine Landluft.

„Im Gegensatz zu uns", spottete Paul.

Er wurde noch krummer und bot erneut der Flasche das „Du" an. Ich holte eine andere aus dem Schrank. Wenn der Bucklige in diesem Tempo weitermachte, würde für mich kein Tropfen übrigbleiben. Er zog ein Kartenspiel aus der Tasche.

„Ein Spielchen?"

„Kann nicht spielen", sagte ich und zuckte mit den Schultern. „Oder, so wenig ..."

Bei den vielen Anläufen, die er gemacht hatte, hätte er das doch wissen müssen.

„Na gut“, resignierte er wie üblich.

Er stand auf, ging zum Tisch, nahm die Decke ab und legte eine Patience. Ich machte es mir in einer Ecke des Sofas bequem und flirtete wieder mit der Flasche. Es war einfach blöd, daß man am nächsten Tag einen Kater hatte, und im Gefolge Melancholie und sogar Angstgefühle, weil ... eigentlich reichten einige Zentiliter Alkohol, um einen Mann voll auf die Beine zu bringen. Man müßte nur rechtzeitig aufhören können ... Naja ... so war das eben ...

Nachdem ich einen halben Liter getankt hatte, ging ich wieder zum Fenster. Der Regen hatte aufgehört. Nur von den Bäumen tropfte es noch.

Ich ging aus dem Zimmer, durchquerte den Vorderteil des Hauses und trat auf die Freitreppe. Es regnete nicht mehr, aber der schieferfarbene Himmel deutete darauf hin, daß es bald wieder anfangen würde. Mir war das schnuppe. Nach einiger Zeit kehrte ich ins Haus zutück. In meinem Zimmer im ersten Stock zog ich den Trenchcoat über und setzte einen Hut auf. Im Vorbeigehen lächelte ich mir im Spiegel zu. Ein junger, schöner Filmheld mit Dreitagebart!

„Ich mach' einen Rundgang“, sagte ich, als ich wieder bei Paul war. „Kommst du mit?“

Er schüttelte den Kopf. Wenn er einmal richtig in seine Patiencen eingestiegen war, hörte er möglichst nicht auf, bevor sie aufgegangen waren. Es gelang ihm zwar nie, aber es zerstreute ihn. Ich genehmigte mir noch einen, nahm die Flasche, ging zur Garage und holte das Auto. Mit dem hier konnte man ohne Sorgen herumkutschieren. Wir hatten es mit unserem eigenen, sauberen Kies bezahlt. Ein Gebrauchter ... Nichts Luxuriöses, aber eine gute Kiste, stabil und unauffällig: Marke seriös!

Ich bog nach links und fuhr mit mäßigem Tempo aufs Land hinaus, beschleunigte nur, um in die großen Regenpfützen zu fahren. Ich liebte es, den Schlamm hochspritzen zu lassen. Soweit mein Auge reichte, war niemand zu sehen. Ich passierte zwei oder drei Villen, die genauso einsam lagen wie die unsrige, aber besser erhalten waren. Trotz der letzten Schauer riefen sich die Vögel zwischen den Bäumen. Es war

Sommer, es würde nicht bis zum Sankt-Nimmerleins-Tag regnen. Die Rumflasche hatte ich auf dem freien Sitz neben mir deponiert. Ich sagte ihr kurz „guten Tag“ und legte sie vorsichtig wieder hin. Ich fuhr weiter, dann drehte ich mich lächelnd dem leeren Sitz zu.

„Glücklich, Gloria?“ fragte ich.

Ich tat so, als ob sie da wäre und mir antwortete.

„Ja.“

Das goldene Leuchten ihrer Augen war nie so intensiv gewesen wie jetzt. Ich fragte mich, welche Farbe sie bei der Liebe annähmen. Sicherlich würde ich es nie erfahren, weil sie dabei die Lider schloß und wie ein Kind aussah. Sie lächelte. Ihr Mund und ihre Zähne faszinierten mich. Sie kuschelte sich an mich. Ihr Haar streichelte mich. Ich zitterte.

„Wir werden noch einen Unfall bauen deinetwegen“, sagte ich.

„Nicht mit mir, Liebling“, flüsterte sie.

„Warum nicht mit dir?“

„Ich bin dein Glücksbringer, mein Schatz.“

Ich lachte.

„Und ich hatte geglaubt, daß ich nur durch dich sterben würde ...“

„Du bist gemein!“

Ihr Gesicht täuschte jetzt Ernst vor. Ich legte meine Hand auf ihren Oberschenkel. Ihre Finger drückten die meinen. Ein Luxuswagen fuhr uns. Am Tag vorher, im Kasino ...

„Ich mag diesen großen Mageren, den wir getroffen haben, nicht“, sagte ich.

„Der, der mir im Garten den Hof machen wollte?“

Sie lachte. So etwas erheiterte sie.

„Sie wollen dir alle den Hof machen.“

„Ich weiß nicht, was ich an mir habe. Ich ziehe die Männer an.“

„Du bist zu schön.“

„Manche“, fuhr sie neckisch fort, „warten jahrelang auf mich. Ich frage mich, warum.“

Nervös griff ich mir die Rumflasche und öffnete sie zornig mit den Zähnen. Der Verschluß fiel zu Boden. Daß ich trank, hätte Gloria gewiß nicht gefallen. Aber, um sie noch einen Moment an meine Schulter geschmiegt zu behalten, mußte ich trinken. Ich nahm einen Schluck, der Schnaps brannte in der Kehle. Verschlossen legte ich die Flasche wieder auf den Sitz.

„Liebster“, sagte Gloria leise.

Ich preßte ihren Oberschenkel.

... „Warum hast du solange gewartet?“

„Ich weiß es nicht“, erwiderte ich. „Ich liebe dich, wie du nie geliebt werden wirst.“

„Mein Liebster“, wiederholte sie.

Das Zimmer roch nach Nelken. Sie standen in einer Vase, zusammen mit Rosen. Ein schwerer Wollteppich dämpfte das Geräusch der Schritte. Das Sofa war mit Pelzen überladen. Gloria stand vor mir, ihre Bluse halb offen.

„Knöpf' sie zu ...“

„Was willst du“, sagte sie kokett, „sie wachsen ...“

Ich schob meine Hand unter die Seide und streichelte ihre Brüste.

Ich hielt an.

Ein paar Meter weiter war der Fluß. Ich kippte den restlichen Alkohol hinunter, stieg aus und durchquerte die tropfende Vegetation zum Ufer hin. Die Strömung führte eine Menge Abfall mit sich. Im bleiernen Wasser spiegelten sich die Bäume des Ufers. Mir kam der Gedanke, daß dies den Ertrunkenen ihre besondere Hautfarbe verlieh. Es färbte auf sie ab. Die Füße im Dreck und Schlamm blieb ich zwei Zigarettenlängen dort. Dann stieg ich ins Auto und fuhr zur Villa zurück. Die Nacht brach an.

Paul lag bäuchlings auf dem Sofa und schnarchte. Er hatte sich besoffen, ohne die Patience beenden zu können. Ich ließ ihn schlafen und nahm eine andere Flasche mit in mein Zimmer hoch. Ich machte kein Licht, öffnete das Fenster in die Nacht hinaus. Die aufgeweichte Erde roch stark. Am plötzlich klargewordenen Himmel strahlten die Sterne, Zeichen für kommendes schönes Wetter. Das machte meine letzten Vorhersagen zunichte. Ich wußte schon lange, was man von meinen Vorhersagen, was immer sie auch ankündigten, halten mußte. Eine tiefe Ruhe kehrte ins Zimmer ein. Ich warf mich angekleidet aufs Bett und trank den ersten Schluck direkt aus der Flasche.

„Gloria!“

Es wäre eine schöne Nacht gewesen, ohne die Bande von

Schlampen, die auf der ganzen Welt dabei waren herumzuhuren.

X
GISELE

Am nächsten Morgen flutete die strahlende Sonne früh in mein Zimmer und zog mich aus einem bleiernen Schlaf. Ich hatte einen fürchterlichen Kater, Paul ging es auch nicht besser. Ich fand ihn im unteren Zimmer auf dem schäbigen Teppich. Ohne es zu merken, war er vom Sofa gefallen.

„Verdammt!", sagte er mit schwerer Zunge. „Wenn das noch lange so weiter geht, werden wir als Alkoholiker enden ..."

„Erst muß Gras über die letzte Sache wachsen", erwiderte ich. „Wenn wir später genug auf der Naht haben, verschwinden wir ins Ausland."

Er rieb sich den Kopf.

„Wann bringen wir jemand um?" fragte er ganz selbstverständlich.

„Im Moment halten wir uns erstmal zurück. Zum Leben reicht es so ..."

„Leben nennst du das?"

„Laß' den Kopf nicht hängen. Warte noch ein Weilchen, ich sag' dir, wenn wir einen Batzen Kies haben und zwar diesmal einen richtigen Batzen, verschwinden wir ins Ausland, und Schluß mit dem Versteckspiel. All die feinen Puppen werden uns aus der Hand fressen ..."

„Hier ist nichts los", gähnte er. „Wir sollten jemanden umlegen. Das würde die Zeit vertreiben ... Ich könnte mich immer noch kaputtlachen", fügte er mit bitterem Grinsen hinzu, „wenn ich an die Visage des Bullen von neulich denke. Erinnerst du dich an seine Fresse?"

Ich ließ ihn sich an seinen komischen Erinnerungen ergötzen, nahm ein Bad und rasierte mich. Das half gegen den Kater. Ich holte das Auto und fuhr Zeitungen und Lebensmittel kaufen. Die Presse meldete nichts Besonderes. Wieder waren wir auf die dritte Seite verbannt. Ich wußte nicht, ob mir das gefallen sollte. Die Schlagzeilen gehörten drei Mädchen, die aus einer Strafanstalt entflohen waren.

*

Der Tag schleppte sich mühsam hin. Regen oder Sonne, das war einerlei. Ich hätte gern eine Tour in die Stadt gemacht, hatte aber Bedenken, Paul allein zu lassen. Gegen Abend sagte ich mir, wenn wir schon was zu trinken hatten, wären wir schön blöd, davon keinen Gebrauch zu machen. Entschlossen, nicht zu kräftig zuzulangen, holte ich eine angebrochene Flasche. Ein Glas oder zwei, nicht mehr. Nur so, um uns aufzuheitern.

Die Stromrechnung würde uns jedenfalls nicht ruinieren. Die Nacht war angebrochen, wir blieben im Dunkeln. Wenn wir an unseren Zigaretten zogen, signalisierte uns ein aufleuchtender roter Punkt die Anwesenheit des anderen. Wir konnten uns nicht dazu aufraffen, aufzustehen und das Licht einzuschalten. Die Fenster waren in die erholsame nächtliche Ruhe hinaus geöffnet, die nur von Zeit zu Zeit vom entfernten Gebell eines Hundes gestört wurde. Wir redeten nicht. Wir hatten uns nichts zu sagen.

Plötzlich sprang ich lautlos auf. Paul ebenso. Er berührte meinen Arm. Auch ich hatte ein merkwürdiges Rascheln von Blättern gehört und so etwas wie das Fallen eines Körpers an der Frontseite des Hauses. Wir zogen unsere Revolver und gingen auf Zehenspitzen auf Erkundung. Durch die verschnörkelte Eingangstür sahen wir einen Schatten, der den Garten durchquerte. Ich drehte den Schalter für die große Lampe auf der Freitreppe. Das Licht erfaßte eine Frau, die sofort Richtung Hecke flüchtete.

„Stehenbleiben, oder ich schieße!“ schrie ich.

Paul steckte seinen Revolver ein und stürzte los. Kurz darauf brachte er die Flüchtige mehr tot als lebendig herbei. Es war eine Göre von ungefähr sechzehn Jahren. Sie trug Klamotten, die sie offensichtlich von diversen Vogelscheuchen der Gegend gestohlen hatte. In ihrem hübschen Gesicht strahlten Augen, die gleichzeitig hart und unruhig waren. Eine bittere Falte zog ihr den Mund nach unten. Den braunen Haaren, die ihr auf die Schultern fielen, hätte es nicht geschadet, unter die

Obhut eines Kammes zu kommen, so wie Rock und Bluse dringend Nadel und Faden benötigten. Paul war nicht gerade sanft mit ihr umgegangen. Die Bluse war aufgerissen, und durch die Löcher bemerkte ich ein mit Tinte bedrucktes Hemd aus grobem Stoff. Ich pfiff leise vor mich hin und verstaute meine Waffe.

„Geh'n wir rein“, sagte ich.

Ich löschte die Lampe auf der Freitreppe und machte im Haus Licht. Paul warf seinen Fang auf das Sofa, schloß die Fenster und zog die Vorhänge zu.

„Na, Puppe?“ lachte ich spöttisch. „Wollten wir hier einbrechen?“

„Ihr seht nicht aus wie Typen, die sich davor fürchten müssen“, antwortete sie schlagfertig.

„Ganz schön kaltblütig, die Lady, was?“

Sie maß mich mit einem frechen Blick. Ich holte zu einem Schlag aus. Sie suchte hinter ihrem instinktiv angewinkelten Arm Schutz. Ihre dunklen Augen – kalt oder nicht – drückten eine animalische Angst aus.

„Du fürchtest dich vor ... Strafen?“ lachte ich noch lauter. Das letzte Wort betonte ich besonders.

„Lassen Sie mich gehen“, sagte sie.

Ich stieß sie vor die Brust und zwang sie, sich wieder hinzusetzen. Ich knöpfte ihre Bluse auf und befühlte das Hemd.

„Eine feine Wäsche. Mit deinem Monogramm ... oder dem der Gefängnisverwaltung ... Wer bist du?“ fragte ich und blickte schnell in die Zeitung, die in Griffweite lag. „Simone, Gisèle oder Marie? Nummer 1635, 1215 oder 7143?“

„Heiliger Arsch“, fluchte Paul. „Das ist ...“

„ ...eine von unseren kleinen Flüchtlingen, ja.“

„Lassen Sie mich abhauen“ wiederholte das Mädchen.

„Nein“, sagte ich und schüttelte heftig den Kopf. „Das wär' nicht gut für dich. Hier hast du nichts zu befürchten ...“

„ ... Bis ihr mich ausliefert.“

„Hör mal, Puppe, du scheinst mir ein ausgesprochener Dickkopf zu sein. Ich bin's auch. Deshalb hab' ich dich vorhin so angerempelt. Du mußt entschuldigen. Ich bin heute mit den Nerven etwas herunter. Einer meiner Onkel ist abgekratzt, nachdem er mich enterbt hat. Mir bleibt nur diese Hütte hier, und ich weiß nicht mal, ob ich genug Zaster besitze, um sie ein halbes Jahr zu halten. Also, Schätzchen, kapierst du? Wir sind keine Christkindchen, wenn wir schon nicht so aussehen, als ob man gut bei uns einbrechen könnte, sind wir doch noch weniger welche, die jemand verpfeifen ..."

„Ganz sicher", bekräftigte Paul.

„ ... Du und wir, wir sind miteinander verwandt, Puppe. Jeder von uns ist das schwarze Schaf seiner Familie."

Paul betrachtete sie mit einem eigenartigen Gesicht. Er drehte sich um und verschwand in der Küche. Mit Brot, Schinken und Wein kehrte er zurück.

„Hau' rein", sagte er. „Du hast es bestimmt nötig. Im Knast gab's nichts als Kohldampf, und draußen war's auch nicht viel besser, oder? Greif' zu!"

Sie ließ sich nicht lange bitten und machte sich über das Essen her.

„Ich krieg's nicht zusammen", blubberte es aus ihrem vollen Mund. „Ihr seid schon komische Käuze. Erst pöbelt ihr mich an, und dann spendiert ihr mir was zu mampfen."

„Darfst das nicht so ernstnehmen", grinste ich. „Wir sind nur ein bißchen kompliziert."

Sie nahm nochmal vom Schinken.

„Ganz gemütlich bei euch", bemerkte sie, nachdem sie sich umgeblickt hatte.

„So doll ist es nicht", entgegnete Paul. „Aber man hat seine Ruhe ... Hier wird dich keiner suchen ..." Er hatte sie aufgenommen.

Er goß ihr noch ein Glas Rotwein ein.

„Wie lange warst du im Knast?" fragte er plötzlich.

„Ein Jahr."

Der Bucklige warf mir einen kurzen, verständigen Blick zu. Sie konnte nichts von den Taten der motorisierten Bande wissen. Umso besser.

„Kommst du direkt aus dem Staatspensionat?"

„Ja."

Er schenkte ihr erneut ein und setzte sich neben sie auf das Sofa. Allmählich wußte er nicht mehr, was er mit seinen Händen anfangen sollte. Mir schien es nicht nötig, das Mädchen zu fragen, warum es „gefallen" war. Sicherlich die ewige Geschichte: Elendsquartier, gefühllose Eltern und ähnliches mehr. Ich genehmigte mir einen Fingerhut voll Alkohol.

„Du hast uns immer noch nicht deinen Namen gesagt.“

„Gisèle.“

„Das ist ein schöner Name“, meinte Paul.

Es war zum Erbrechen. Alle, selbst dieser Krüppel, kriegten die Weiber mit albernen Feststellungen dieser Art rum.

„Der Name einer Heldin in einem Groschenroman“, verbesserte ich. „Ein Billigname.“

„Bist nicht sehr galant“, lallte sie.

Ihre dunklen Augen glänzten. Sie nahm noch einen Schluck. Langsam wurde sie betrunken. Ihr Mund war feucht. Sie schüttelte sich. Ihre schwarzen Haare wirbelten umher.

„Is’ nicht gerade kalt hier“, sagte sie.

„Mach’s dir bequem“, schlug Paul vor.

Sie ließ sich ohne Widerrede die Bluse ausziehen. Er schob seine Hand in den Ausschnitt des Hemdes und machte sich daran, sie zu befummeln.

„He! Sag mal“, kicherte sie. „Was machst du da, flotter Casanova?“

„Ich? Nichts“, lächelte er und setzte sein Treiben sanft fort. Eine heftige Begierde packte ihn am ganzen Körper. Er mußte sich beherrschen, um ihr nicht sofort nachzugeben. Seine Lust übertrug sich auf das Mädchen, das plötzlich sein Hemd aufriß. Ihre Brüste sprangen hervor, klein und rund, die Brustwarzen aufgerichtet wie Stachel. Sie ließ sich auf dem Sofa zurückfallen und zog Paul mit sich. Ihre beiden Hände ergriffen seinen Kopf. Stammelnd preßte sie ihn an ihre Brüste. Er begann wie ein Kind zu saugen. Gisèle erschlaffte. Paul stöhnte leise auf, und wie ein Echo folgte das zufriedene Röcheln seiner Partnerin.

Mit dem herben Geschmack von Rum auf den Lippen wohnte ich der Szene bei.

Sie hatte schöne Hände, trotz der Trauerränder unter den Fingernägeln und der Sklavenarbeit in der Gefängniswerkstatt; es war faszinierend zu sehen, wie sie sich lustvoll auf dem Buckel des Krüppels verkrampften.

Das Pärchen kam wieder zur Ruhe. Paul schüttelte sich. Das Mädchen spielte am Stoff des Sofas herum. Paul machte eine eindeutige, einladende Geste. Ich war im höchsten Maße gerührt. Aber diese Göre war ein ausgekochtes, kleines Luder. Ich lehnte das Angebot ab.

Er versuchte nicht weiter, mich zu überreden. Sein Gesicht strahlte auf beim Gedanken, sie ganz für sich allein zu haben. Im übrigen war das lediglich eine Formalität, ein Tribut an unsere Freundschaft gewesen. Er war nicht unzufrieden, als ich verzichtete. Er wandte sich erneut dem Mädchen zu und bedeckte ihren Körper mit Küssen. Wieder richteten sich die Brustwarzen auf. Er half ihr aufzustehen. Sie hielten sich fest umschlungen. Unbewegliche Tänzer. Paul vergrub sein Gesicht in ihre schwarzen Haare.

Sie stiegen in sein Zimmer hinauf. Ich hörte sie über mir gehen. Das Bett quietschte.

Ich blieb allein mit der Flasche.

XI
NACHT

Von diesem Tag an beherbergte die Villa zwei richtige Turteltäubchen. Sie waren sehr unterschiedlich, schienen sich aber zu lieben. Ein merkwürdiges Paar! Von einem kurzen Besuch in der Stadt brachte ich anständige Frauenkleidung und eine Ladung Kosmetika mit. Wenn sich schon diese Maus in unser Schlupfloch eingeschlichen hatte, sollte sie wenigstens nach etwas aussehen. Aussehen? Mein Gott! Als Gisèle an jenem Abend ordentlich gekleidet, gekämmt, parfumiert und geschminkt zu uns in den Eßraum kam, raubte es Paul den Atem, und er errötete vor Stolz, der Liebhaber einer so begehrenswerten Puppe zu sein. Ich für meinen Teil sagte mir, daß ich ein verdammter Narr war, eine solche Schwester nicht auf die Matte gelegt zu haben, als sich die Gelegenheit dazu bot ... Wir setzten uns zu Tisch. Gisèle fragte beunruhigt, was die Zeitungen erzählten.

„Deine beiden Freundinnen hat man wieder eingefangen", verkündete ich.

Sie wollte den Artikel lesen.

„Kein Schwein gehabt", sagte sie kopfschüttelnd.

Sie betrachtete sich und betastete ihr neues Kleid. Es war nicht gerade ein Modell der Haute Couture, aber weit besser als der entsetzliche Lappen vorher. Sie fuhr mit der Hand durch ihre Haare. Sie fielen frei, keine enge Haube zwängte sie ein.

„Hast nichts mehr zu befürchten, du", beruhigte sie Paul.

Sie schüttelte sich, als ob sie sich von einer Last befreien wollte, und überflog die anderen Seiten der Zeitung, um sich abzulenken.

„Was sind das denn für Gangster?" rief sie plötzlich, als sie auf eine Kurzmeldung stieß, die uns betraf. „Gleich nach meiner Flucht habe ich irgendwas über sie gehört. Scheinbar macht man viel Wirbel um sie ..."

„Für den, der zu ihrer Verhaftung beiträgt, gibt es eine anständige Belohnung", bemerkte ich hinterlistig.

„Wieviel?" fragte sie, nur so, um das Gespräch weiterzuführen und ihre beiden unglücklichen Gefährtinnen zu vergessen.

„Ich weiß es nicht genau, aber es dürfte ein schöner Batzen sein. Es gibt Leute, die würden Vater und Mutter dafür umbringen."

„Ich würde nichts von diesem Zaster wollen", spuckte sie mit Überzeugung aus.

„Das sagt man so ..."

„Ich meine das aber auch so!"

„Belohnung oder nicht, Gangster oder nicht", mischte sich Paul verärgert ein. „Was kümmert uns das? Sollen diese Vögel doch selber sehen, wie sie zurechtkommen ... Was dich betrifft, Gisèle", fügte er hinzu, „ich glaube, du bist aus dem Schneider. Sie werden dich nie wieder krallen. Nie und nimmer!"

„Ich hatte einen guten Riecher, als ich mich hierher wagte, was?" lachte sie. „Der Empfang ließ erst zu wünschen übrig, aber ich hatte schließlich verdammtes Schwein, auf so nette Typen wie euch zu stoßen ..."

Wir hatten noch nicht zuende gegessen, als ich aufstand. Jetzt, wo Paul Gesellschaft hatte, konnte ich eher in die Stadt fahren.

*

Bei den ersten Häusern des Vororts hielt ich vor einem Bistro und rief Gloria an.

„Oh! Jean!“ staunte sie. „Was für eine Überraschung! Du läßt dich selten sehen.“

„Viel Arbeit in der Provinz“, erklärte ich.

„Alle fahren in die Provinz und lassen mich allein!“ meinte sie mit einem kehligen Lachen.

Sie erzählte mir, daß die Geschäfte ihren Mann in der letzten Zeit häufig weit von der Hauptstadt wegführten.

„Du solltest mit mir ausgehen“, schlug sie vor.

„Also ... äh ...“ stammelte ich. „Was meinst du mit ausgehen? Ich kann dich nicht früher als in ein oder zwei Stunden abholen. Ich hab’ noch einen Termin mit jemandem.“

„Ich möchte gern ins Kino gehen. Paßt dir die Zehn-Uhr-Vorstellung?“

„Natürlich.“

„Dann bis später.“

Sie legte auf. Ich wählte die Nummer von Alberts Hotel.

„Bleib’ zu Hause“, sagte ich. „Ich möchte dich sehen.“

Zwanzig Minuten später betrat ich das Zimmer meines Partners.

„Keine Knarre?“ fragte ich, als ich ihm die Hand schüttelte.

Seine dichten Augenbrauen richteten sich auf wie die künstlichen eines Clowns. Er lachte.

„Hier ist alles ruhig. Man fragt sich, ob das mit rechten Dingen zugehen kann. Ist prima, ein sauberes polizeiliches Führungszeugnis zu haben, wie sie das nennen. Man wird weniger leicht gefaßt.“

„Ja“, stimmte ich zu. „Um einen guten Kriminellen abzugeben, muß man lange ein ehrlicher Mensch gewesen sein. Man darf nie zu früh anfangen. Das ist das ganze Geheimnis des Erfolgs ... So, kommen wir zur Sache. Was wir brauchen, ist ein ordentlicher Haufen Moos. Ich weiß nicht, ob es dir genauso geht, aber ich würde gern einmal so richtig in Geld schwimmen. Mit vollen Taschen könnten wir ins Ausland verschwinden und ... Nun, du verstehst, nicht? Wir sollten die Gelegenheit nutzen ...“

Er sagte mir, daß er verstand. Dabei verstand er überhaupt nichts, denn ich hatte nie die Absicht gehabt, über die Grenze zu gehen. Aber ich wollte eine Menge Kies.

„Wir sehen uns wieder und besprechen das“, sagte ich.

„Okay", erwiderte er.

Ich verließ ihn und eilte zu Gloria. Sie war schon ungeduldig. Der in Schlange gehüllte Fuß tippte nervös auf den Teppich. Sie hatte diesen leicht vorwurfsvollen Ausdruck im Gesicht, der mich so rührte. Wenn sie gewußt hätte, wie schnell sie mich aus der Fassung bringen konnte! Sie hatte schon gefürchtet, versetzt zu werden. Ich protestierte, daß das nicht meine Art wäre.

„Auf jeden Fall", schloß sie und zeigte auf die Uhr, „wenn wir jetzt keine Taxe finden, kommen wir zu spät zur Vorstellung."

Ich lächelte.

„Eine Taxe? Was für eine Taxe? Du wirst es bestimmt erst glauben, wenn wir unten sind, aber ich habe einen Wagen."

„Einen Wagen, Jean? Du hast dich also entschieden, ernsthaft zu arbeiten?"

„Ja, sehr ernsthaft", sagte ich.

Wir verbrachten einen wunderbaren Abend. Die Zeit, die ich mit Gloria verbrachte, war immer wunderbar. Nachher war es ganz anders. Es war wie mit dem Alkohol. Ich hatte dann einen unsäglichen Kater.

Ich fuhr sie nach Hause. Hinter ihr schloß sich die Eingangstür mit einem matten Geräusch, das ein ekelhaftes Gefühl in mir aufkommen ließ. Ich saß eine Weile nachdenklich über das Lenkrad gebeugt. Das Licht im Eingang ging an. Durch die Stille der Nacht hörte ich das gedämpfte Schnurren des Fahrstuhls. Die Treppenhausbeleuchtung erlosch in perfekter Synchronität mit dem Aufleuchten ihrer Fenster. Ich blickte kurz zu ihnen hoch und fuhr los.

Ich ging auf einen Sprung in zwei oder drei Bars, die an der Strecke lagen und trotz der späten Stunde noch geöffnet hatten. Dann machte ich mich auf die Suche nach einer Nutte.

Ich sauste Richtung Hallenviertel, wo die Asphaltschwalben noch spät unterwegs waren. Den Wagen stellte ich an einem kleinen Park ab und erkundete zu Fuß die düsteren Straßen des horizontalen Gewerbes. Sie waren ziemlich verlassen. Nach einiger Zeit stieß ich auf eine Prostituierte mit Lederstiefeln und Vampirella-Visage. Sie warf mir einen einladenden Blick zu, der von einem Verkaufslächeln mit nicht besonders kariösen Zähnen begleitet wurde. Ich antwortete zustimmend. Das Hotel, in dem sie ihrer Arbeit nachging, hatte seinen gespenstischen Eingang in einer Seitenstraße. Bei unserem Anblick nickte ein schlechtrasierter, vor sich hindösender Bursche mit Brille aus dem spärlich beleuchteten Büro. Das Zimmer das schnellen Paarungen vorbehalten war, befand sich im ersten Stock am Ende eines übelriechenden Ganges. Das Fenster hinter einem zugezogenen, schmutzigen Vorhang war geschlossen. Schwere, mit Lebensmitteln beladene Lastwagen fuhren über den Boulevard und ließen das ganze Gebäude erbeben.

„Ziemlich laut hier“, bemerkte ich.

„Was soll uns das stören, mein Schätzchen? Wir sind nicht zum Schlafen hier.“

Ohne länger zu warten, verlangte sie ihr kleines Geschenk, und ich zeigte mich großzügig. Sie steckte den Zaster weg, forderte mich auf, es mir bequem zu machen und begann, sich zu waschen. Als ich dran war, überspielte sie ein Lachen mit Husten.

„Warum lachst du?“ fragte ich hart.

„Ich lache nicht“, protestierte sie.

Ich beharrte nicht darauf. Sie hatte gelacht und ich kannte den Grund für ihre verachtende Heiterkeit. Ich, der ich nur hinauszugehen brauchte, zu brüllen, wer ich sei – und alle wären vor Angst getürmt. Und diese Schlampe mußte mich zum Affen machen! Ich warf sie hin und nahm sie ohne weitere Umstände.

„Sag mal, Schätzchen“, nuschelte sie, „du bist ja ein kleiner Leidenschaftlicher, du.“

Ich kochte vor Wut, vor Scham und vor Schmerz ... Wenig später entdeckte ich erneut ein spöttisches Leuchten in ihrem Blick. Da überkam mich eine tiefe Ruhe und ich holte einen großen, brandneuen Schein aus meiner Tasche.

„Nimm das“, lächelte ich. „Ich möchte dir die Kissen-Technik beibringen. Wenn du die bringst, wirst du Kies scheffeln. Kommt aus Amerika. Man macht es im Stehen, ganz angezogen, wie die süßen Liebespaare in den Hauseingängen ...“

Ich sprach langsam und deutlich, genoß meine Worte. Ich stellte mir den verstorbenen Marcel vor. Mit ihm hatte ich genauso sanft gesprochen.

Sie zögerte. Fand mich sonderbar. Sie sah mich schräg an, ihre Augen blitzten vor Gier auf und wanderten zum Geldschein. Ich lächelte. Engelhaft, das war das Wort. Sie streckte ihre Hand aus, nahm den Schein und schob ihn in ihren Strumpf.

„Wußte doch, daß du ein Leidenschaftlicher bist“, schloß sie. „Zeig’ mir diesen Trick.“

Ich ergriff das Kissen, steckte es in Bauchhöhe zwischen uns beide und drückte diese dreckige, idiotische Schlampe kräftig mit dem linken Arm gegen mich.

„Mußt du immer noch lachen?“ fragte ich mit gepreßter Stimme, ich war einem wütenden Lachen nahe.

Ich erlaubte ihr nicht zu antworten, zerdrückte ihr den Mund mit meinen vor Haß harten Lippen. So blöd sie auch war, in diesem Moment verstand sie und erschrak. Sie wehrte sich. Ihre Beine schlotterten. Ich verstärkte den Druck und überließ sie ihrer panischen Angst. Mit der rechten Hand drückte ich den Revolver zweimal ab. Sie bekam es in den Bauch und eine dritte Kugel direkt in die Pumpe, als ich sie auf’s Bett schmiß.

Der Lärm der Lastwagen hatte die Schüsse übertönt. Auch das Kissen hatte sie gedämpft und verhindert, daß ich mich besudelte.

*

Den ganzen Rückweg über hielt ich auf meine Art und Weise die Grabrede für dieses Dreckstück, erfand die passenden Beschimpfungen für sie. Ich kam in die Nähe der Villa. Ein Lichtstrahl fiel durch die Fensterläden von Pauls Zimmer. Die Küche war ebenfalls erleuchtet. Ich stellte das Auto ab und ging hinein. Mit nackten Füßen und im Hemd machte der Bucklige Tee.

„Das große Nacht- und Liebesleben“, spottete ich.

„Etwas nicht in Ordnung? ... Du schaust so düster“, bemerkte er. „Ärger mit Albert?“

„Nein, nichts ...“

Ich zündete eine Zigarette an.

„Ich mach’ mir eher Sorgen wegen hier. Hat dir Gisèle keine Fragen gestellt?“

„Warum meinst du? ...“ fragte er erstaunt.
„Ich weiß es nicht. Eines Tages könnte es passieren.“
Darauf ging ich ins Bett.

XII
FALLE

Ich schlief schlecht und stand als erster in aller Frühe auf. In der Küche tankte ich mehrmals Koffein und wühlte in einer Truhe Stapel alter Zeitungen durch. Ich suchte einige heraus und schnitt die Artikel, die uns betrafen, aus. Die zerschnipselten Seiten legte ich zurück in die Truhe, die Ausschnitte steckte ich in einen kleinen Stoffbeutel. Dann rasierte ich mich, zog mich an und ging wieder in die Küche, um zwei Tassen Kaffee einzuschenken. Die brachte ich lächelnd den Verliebten.

„Ich werde in den nächsten Tagen öfters weg sein“, sagte ich mit einem Augenzwinkern zu Paul. „Ich muß diese Erbschaftsgeschichte erledigen ...“

Mein erster Besuch in der Stadt führte mich zu Albert. Wir erwogen zwei oder drei mögliche ertragreiche Überfälle, die wir früher schon ins Auge gefaßt, dann aber aus verschiedenen Gründen aufgegeben hatten. Wir einigten uns darauf, den vielversprechendsten gründlich vorzubereiten.

Im Laufe des Nachmittags rief ich Gloria an und verbrachte eine kurze Zeit mit ihr.

Die Abendzeitungen verrieten mir den Namen meines letzten Opfers. Das Freudenmädchen Irma Rouc war von einem unbekannten Freier ermordet worden. Man nahm an, daß es vorher zu Streitigkeiten gekommen war. Dem Mörder gelang es, ohne besondere Aufmerksamkeit zu erregen, durch einen Innenhof und ein angrenzendes Gebäude zu flüchten. Der Portier konnte denjenigen, den er als Mörder verdächtigte, nur sehr ungenau beschreiben.

Alle diese Einzelheiten nahm ich zur Kenntnis, während ich an einem Sandwich knabberte. Dann kehrte ich in meinen ländlichen Schlupfwinkel zurück.

Paul hatte sich auf das Sofa im schäbigen Wohnzimmer gelümmelt und rauchte eine Zigarette. Trotz der frühen Stunde war Gisèle schon ins Bett gegangen.

„Du nutzt sie ab“, grinste ich spöttisch. „Oder sie hat langsam die Nase voll.“

„Mein Gott!“ seufzte er beunruhigt. „Ich hoffe nicht ... Du kannst dir nicht vorstellen, wie glücklich ich bin, Jean.“

Doch, allerdings. Davon hatte ich eine ziemlich genaue Vorstellung. Und darin bestand das ganze Unglück.

„Um so besser“, sagte ich.

Ich warf meinen Hut auf eine Kommode und zündete mir eine Zigarette an.

„Du solltest dir ein Mädchen wie Gisèle auftreiben“, schlug er mir vor.

„Ich denke seit langem daran“, verzog ich mein Gesicht. „Ich war ungefähr so groß, ...“

Er fürchtete, mich verletzt zu haben und wechselte das Thema.

„Hast du Albert getroffen?“

„Ja.“

„Habt ihr irgendwas vor?“

„Ja.“

„In welcher Richtung?“

„Du bist nicht mit von der Partie“, antwortete ich.

Ihm fiel die Kippe aus dem Mund.

„Ich ...“

„Du bist glücklich“, stieß ich zwischen den Zähnen hervor. „Für glückliche Leute ist kein Platz bei unseren Unternehmungen ... Eine Frage der Reflexe ...“

„A... aber ... Jean“, stotterte er.

„Wir reden noch darüber“, unterbrach ich. „Erstmal hab ich Hunger. Ist noch was zu beißen da?“

Wortlos wies er auf die Küche. Ich ging hin, schnitt mir eine Scheibe Brot ab, öffnete eine Konservendose und trug die kalte Mahlzeit ins Wohnzimmer. Als ich mich an den ersten Bissen machte, brummte ich:

„Brauch’ was zu lesen. Dann hab’ ich nicht das Gefühl, meine Zeit zu verlieren.“

Ich ging zur Truhe und kramte im Zeitungshaufen. Die zerschnittenen Seiten zog ich heraus und ging zu Paul.

„Sag mal, du bist wohl ein bißchen bekloppt, was?“ fragte ich mit zornigem Blick.

„Was ist los?“ fuhr er auf.

Ich zeigte ihm die Zeitungen.

„Du interessierst dich ein wenig zu sehr für deine eigenen Heldentaten. Solche Sammlungen führen direkt zum Henker."

Er sprang auf und riß mir die Seiten aus den Händen.

„Das ist ..."

„... die mehr oder weniger vollständige Zusammenstellung unserer Verbrechen. Würdest du gefälligst in Zukunft keine Dokumente dieser Art aufbewahren!"

„Ich war das nicht", sagte er.

„Bin ich es vielleicht gewesen, oder meine Großmutter? Komm, du hast eine Dummheit begangen. Mach das nicht nochmal und Schluß."

„Ich war's nicht", wiederholte er. In seinen Augen und in seiner Stimme lag tiefe Bestürzung.

Ich packte ihn am Kragen seines Hemdes.

„Verdammt!" fluchte ich, als ob mir ein Licht aufginge. „Schwörst du mir, daß du's nicht warst?"

„Ich war es nicht."

Ich ließ ihn los und verfiel in ein perfekt simuliertes, abgehacktes, bitteres Lachen. Paul saß auf dem Sofa, die Hände vors Gesicht geschlagen, und fluchte ununterbrochen in den jämmerlichsten Tönen.

„Das kann doch nicht wahr sein", ächzte er schließlich.

Wie um sich zu entleeren, stieß er noch zwei, drei Flüche aus: es klang wie eine Maschine, die ihren Geist aufgibt. Jetzt war er reif.

„Wir hätten sie gleich am ersten Tag abwimmeln oder den Bullen übergeben sollen", sagte ich leise. „Das hätte uns den Heiligenschein von guten Bürgern verschafft ... Jetzt ist es zu spät", fuhr ich hinterlistig in einem eher traurigen als brutalen Ton fort. „Ich hab's gleich gerochen, daß diese Maus uns in Teufels Küche bringt. Sind alles Schlampen und Huren. Paul, damals waren wir uns doch darüber einig. Sie hat deine Meinung geändert. Sie hat dir gesagt, daß sie dich liebt, oder? Hast du denn nie in den Spiegel geguckt, deinen Buckel nie gesehen, deine verbotene Fesse und den Rest? Du weißt genau, daß du nie Erfolg bei den Frauen gehabt hast, daß du abstoßend bist. Du hast darunter gelitten. Und du möchtest, daß sich das von heute auf morgen ändert, weil du eine Flüchtige aufnimmst? Diese Göre ist mit allen Wassern gewaschen, Paul, und sie besitzt genügend Sex-Appeal und Klasse, um sich einen Apoll oder einen Bankier zu angeln und nicht einen Gauner deiner Sorte. Und genau das wird geschehen, wenn wir die Sache nicht in Ordnung bringen. Wenn sie uns denunziert, geht sie nicht wieder ins Kittchen zurück und sackt die Belohnung ein. Du bist vielleicht sexuell befriedigt, aber das Bumsen kommt etwas zu teuer; ich mach' bei diesem Tarif nicht mit ..."

„Das ist nicht möglich", wiederholte er und schüttelte schmerzerfüllt den Kopf.

Ich nutzte den ganzen Einfluß, den ich auf ihn hatte, um ihn weiter einzuseifen. Langsam träufelte ich das Gift in seine Seele.

„Ich liebe sie", sagte er. „Ich hab' diese Wonne nie gekannt: eine Frau für sich haben ..."

„Du bist es, der ihr gehört", verbesserte ich. „Sie wird dich dem Henker ans Beil liefern."

„Ich glaube, sie liebt mich auch ..."

Er sagte es ohne Überzeugung. Ich beschränkte mich darauf loszulachen. Er krümmte sich noch mehr. Sein Inneres zerbrach.

„Ich will die Wahrheit wissen", knurrte er. „Ich werde rauskriegen, ob sie mich an der Nase herumgeführt hat oder nicht! ... Wenn sie die Artikel besitzt ..."

„Dann", ergänzte ich ruhig, „heißt das, daß sie unser Gewerbe ahnt und daß es sie unter einem bestimmten Gesichtspunkt interessiert. Sonst hätte sie es direkt angesprochen ..."

Er erhob sich und blieb eine gute Minute wie angewurzelt stehen. Als ob ihn sein Buckel ziehen würde, schwankte er von links nach rechts und versuchte, sein Gleichgewicht wiederzugewinnen. Seine Hände faßten an die Brust und suchten etwas. Er entdeckte sein Jackett auf dem Sofa, zog es an und ging Richtung Treppe.

Ich nahm ein Fläschchen Rum aus der Reserve, goß mir ein Glas ein und stellte es in Reichweite ab, ohne es anzurühren. Ich steckte mir eine Zigarette in den Mund und bereitete alles vor, um sie anzuzünden. Meine Knarre holte ich ebenfalls heraus. Die Ereignisse konnten anders verlaufen, als von mir vorgesehen. Das wäre denn wirklich schade gewesen.

Ich hörte Schritte über mir. Das gedämpfte Geräusch eines kurzen Wortgefechtes drang zu mir herunter, darauf das eines noch kürzeren Kampfes. Schließlich knallte ein Schuß.

Ich zündete meine Zigarette an und schluckte den Rauch mit dem Rum vermischt hinunter. Gisèle hatte es selbst gesagt:

Verdammtes Schwein gehabt, auf so sympathische Typen wie uns zu stoßen. Und außerdem, Bucklige bringen Glück.

*

Paul kam Stufe für Stufe die Treppe hinunter. Er schien hundert Kilo mehr auf dem Buckel zu tragen und brauchte ein Jahrhundert, um das Untergeschoß zu erreichen. Endlich zeichnete sich seine ungestalte Silhouette im Türrahmen ab. Er lehnte sich an das Holz. In seinem aschfarbenen Gesicht zuckte es. In der einen Hand hielt er seinen noch rauchenden Revolver, in der anderen zerknüllte Papierschnipsel. Er taumelte und stürzte auf das Sofa. Die Waffe, die Zeitungsausschnitte und der Beutel, in dem sie gewesen waren, flogen durcheinander.

„Das ist zum Kotzen", schluchzte er und drückte das Kissen. „Sie war dabei, sie zu lesen, als ich reinkam ... Sie wollte sie verstecken ... als sie mich sah ... sie behauptete, sie gefunden zu haben ... weiß nicht mehr wo ... sie hat mich nicht geliebt ..."

Sein Buckel war riesig.

„... Sie hat mich nicht geliebt ... nur Schein ... Sie wollte uns verpfeifen ... Ich habe sie geliebt ... sie mich nicht ... alle gleich ... ich hab sie abgeknallt ... es ist zum Kotzen ..."

„Das Leben ist zum Kotzen", sagte ich.

Ich steckte meine Waffe ein, zündete eine neue Zigarette am Stummel der alten an und nahm wieder vom Rum.

Der Garten würde als Friedhof dienen.

XIII
STREIT

Als ich die Vorbereitungen für den geplanten Überfall mit Albert beendet hatte, besuchte ich Gloria.

Ich verzichtete jetzt darauf, mich telefonisch anzukündigen. Lautier würde sich noch zwei Wochen in der Provinz aufhalten. Das ermöglichte mir, ohne Anmeldung zu kommen. Ich mochte das. Es baute neue Illusionen auf, die von unseren Treffen genährt wurden. Manchmal blieb ich ein oder zwei Stunden zum Plaudern bei ihr in ihrer gemütlichen Wohnung. Manchmal gingen wir aus.

Einige Tage vergingen, in denen dieser Ablauf streng befolgt wurde, und ich glaubte, daß ich niemals glücklicher gewesen war. Mir kam sogar der Gedanke, daß das Leben vielleicht doch nicht so beschissen war und das Glück ...

Selbst Paul, der Bucklige, hatte seine Chance gehabt ...

Es war allerdings schlecht ausgegangen.

*

Ich drückte die Klingel zu Glorias Wohnung drei Mal. Schritte, die nicht die ihren waren, ertönten im Flur. Die Tür öffnete sich. Ich konnte ein Zusammenzucken nicht vermeiden. Vor mir stand Lautier, der unerwartet früh zurückgekehrt war. Die Überraschung und Enttäuschung in meinem Gesicht brachten ihn zu einem bedeutungsvollen Lachen.

„Gehen Sie nicht weg“, sagte er. „Sie sind nicht gerade willkommen, aber ich muß mit Ihnen reden ...“

Ich stotterte etwas und folgte ihm ins Wohnzimmer. Gloria saß da, die schönen goldenen Augen vom Weinen gerötet. Eine Vase war umgekippt und die Blumen lagen auf dem Teppich. Weitere Spuren von Unordnung ließen darauf schließen, daß sich hier ein ziemlich handfester Tumult abgespielt hatte.

„Also, so ist das“, höhnte Lautier in kaltem, zornigem Ton, den er sich nicht lange erlauben können würde. „So ist das also, man hat seinen kleinen Code, sein kleines Zeichen, um sich anzukündigen, nicht? ... Seit Jahren kotzt du mich an, Fraiger, ich hätte dir schon längst ein für alle Mal die Tür weisen sollen. Aber heute kann ich dich wirklich nicht mehr ertragen ...“

„Ich bitte dich ...“ riskierte Gloria.

Haßerfüllt wandte er sich ihr zu.

„Schweig!“ brüllte er. „Du nutzt meine Abwesenheit, um diesen Typen jederzeit tags oder nachts zu empfangen, mit ihm auszugehen oder sonst was. Ich wollte, er hätte dich geschwängert. Dann könntest du sehen, was für Unheil er säen kann ...“

„Hören Sie ...“

Ich spielte denjenigen, der sich rechtfertigen wollte, unterbrach mich aber nach dem zweiten Wort, weil es gar nicht in meiner Absicht lag, mich ihm zu erklären. Die Concierge, die wahrscheinlich beauftragt war, herumzuspionieren, mußte ihm einige Sachen gesteckt haben, übertrieben natürlich, oder er selbst hatte aus jeder Mücke einen Elefanten gemacht. Auf alle Fälle war eines klar: Er war dabei, sich durch sein Verhalten Gloria gegenüber endgültig zu entfremden. Sollte er sie doch verlieren, wenn es ihm Spaß machte, diesem Arsch!

Er überhäufte uns mit Flüchen; Flüche, verglichen mit denen diejenigen, die ich dem Miststück von kichernder Hure an den Kopf geworfen hatte, harmlos waren. Es war verrückt, wie die Wut gewisse Menschen inspirieren und ihre Phantasie anregen kann. Er ging im Zimmer auf und ab, zerquetschte dabei die Blumen, trat auf die Vase und rülpste seine Grobheiten heraus. Er verlor Gloria! Er verspielte seinen Kredit und verlor Gloria!

„Hören Sie ...“, wiederholte ich.

„Schnauze!“ gröhlte er.

Wie der Blitz fiel er über mich her. Seine Fäuste flogen. Eine stoppte ich mit dem Kinn, torkelte zurück. Es fehlte nur wenig, und es wäre ein guter Vorwand gewesen. Ich hätte ihn mit Freude umgenietet. Aber ich vergaß meine Waffe das eine Mal. Vielleicht hatte ich doch eine Chance zu leben. Sie durfte nicht unbedacht vertan werden.

Er packte mich am Kragen. „Willst du mir vielleicht erzählen, daß du nie mit ihr geschlafen hast?“

Ich machte mich los.

„Sie sind ein Trottel, ein blödes Schwein“, brach ich los. „Und Gloria sollte in Desinfektionsmittel baden, wenn sie sich an ihrer stinkenden schmierigen Haut gerieben hat. Ich habe nicht mit ihr geschlafen, aber ich leugne nicht, daß ich sie liebe, und daß ich das besser kann als Sie. Seit Jahren liebe ich sie! Ich liebe sie, wie sie noch nie jemand geliebt hat, wie sie nie jemand lieben wird ...“

„Und du warst nicht im Bett mit ihr?“ lachte er höhnisch. „Du liebst sie so heftig, siehst sie regelmäßig, und du hast deine Chance nicht ergriffen? Du bist entweder ein Eunuch oder ein Idiot! Aber du solltest nicht versuchen, mir einzureden, daß du es noch mehr bist, als du danach aussiehst ...“

Ich spürte, wie ich erblaßte. Es war, als ob man mir brutal ein eiskaltes Tuch auf das Gesicht legte. Ich fuhr mit der Hand an die Brust, riß mich aber sofort zusammen, lenkte meine Bewegung um, indem ich wie ein Bauernlümmel im Sonntagsstaat sorgfältig mein Jackett zuknöpfte. Während des Kampfes durfte die Kanone nicht aus meiner Tasche springen. Ich verpaßte

Lautier eine. Er zahlte mit Zins und Zinseszinsen zurück. Meine Nase blutete.

„Jean!“ schrie Gloria.

Ich hielt inne. Er konnte mich krumm und lahm schlagen. Ich würde mich nicht wehren, ich wollte mich nicht weiterprügeln. Es würde zu böse enden. Lautier versuchte nicht, seinen Vorteil auszunutzen.

„Jean! Jean!“ äffte er den Ton seiner Frau nach. „Jean! Jean! Ich lasse ihn dir, deinen Jean. Kümmer' dich um seine Beulen. Ich lasse euch beide allein. Und du, Schwachkopf, arbeite wie der Teufel, so wie ich selbst gearbeitet habe, um dieser egoistischen Ziege alle ihre Luxus-Phantasien zu verwirklichen. Früher warst du oft abgebrannt, jetzt bist du's scheinbar weniger. Aber das kommt wieder! Die Armut ist wie die Syphilis, man kann sie nie ganz heilen. Wenn du wieder blank bist, wirst du sehen, wie Madame, nachdem ihre launischen Wünsche nicht mehr erfüllt werden, sich nach einem betuchteren Partner umguckt – dann bist du dran, als Gehörnter! ...“

Ohne Atem zu holen, spuckte er noch eine Reihe von Ungerechtigkeiten und beleidigenden Dummheiten aus. Danach wandte er sich dem Ausgang zu und knallte mit einer letzten zornigen Beschimpfung die Tür hinter sich zu.

Gloria und ich schwiegen. Müde setzte sie sich aufs Sofa. Ich wischte mir die Nase ab. Jackett und Hemd hatten ein paar Blutstropfen abbekommen. Der Anblick des Bluts amüsierte mich.

Ich ging ins Badezimmer, um mein Taschentuch mit frischem Wasser anzufeuchten und damit meine Nase zu betupfen. Sie hatte aufgehört zu bluten. Ich säuberte meine Kleidung von den Flecken und kehrte zu Gloria zurück.

Sie saß noch immer auf dem Sofa, nachdenklich. Kupferne Irrlichter tanzten in ihrem Haar. Als ich hereinkam, hob sie den Kopf und sah mich an. Es war alles so häßlich! Ich nahm ihre Hand.

„Ich ruf dich an“, sagte ich und gab ihr einen flüchtigen Kuß auf die Haare.

„Mein armer Jean“, sagte sie.

Ich ging hinaus.

*

Albert saß auf einem wackligen Stuhl, der unter jeder seiner Bewegungen ächzte. Er rieb seine dichten Augenbrauen, als ob er sie weghaben wollte.

„Deine Informationen stimmten genau", meinte er. „Es hat sich nichts geändert seit der Zeit, wo du in dem Laden gearbeitet hast. Die Nacht vom 14. zum 15. wird am besten sein. Der Tresor wird vor Kies überquellen und diese zwei Wachleute können uns doch wohl nicht abschrecken ..."

„Alles klar", erwiderte ich.

„Es fehlen uns bloß noch Schneidbrenner ..."

„Ich weiß, wo ich die besorgen kann und wie man damit umgeht. Es ist von Nutzen, in allen Berufen gearbeitet zu haben ..." fügte ich spöttisch hinzu.

Albert schüttelte den Kopf.

„Ich hab den Eindruck, daß es nicht laufen wird", sagte er.

„Warum?"

„Nur so'ne Idee ... Es ist so anders als das, was wir bisher gemacht haben, daß ich mir wie ein Grünschnabel vorkomme ... Wir haben bisher ziemliches Schwein gehabt und ..."

„Man sollte es nicht überstrapazieren. Deshalb wechsle ich jetzt die Methode. Ich werde vorsichtig. Ist vielleicht das Alter. Dieser Bruch ist zwar weniger spektakulär als unsere üblichen Überfälle, aber er wird uns genauso viel bringen und das mit weniger Risiko. Wenn unser Glück weiter anhält, wird er vielleicht sogar anderen als uns angehängt."

Albert drehte sich eine Zigarette. Ein leises Lachen schüttelte ihn.

„Es gefiel dir doch, die langen Ergüsse in den Schmierblättern zu lesen. Ist dir die Lust daran vergangen?"

„Ich möchte Moneten haben und sie in aller Ruhe verbraten."

„Der Teufel wird zum Eremiten."

„Ich weiß nicht."

„Und was ist mit Paul?" fragte er plötzlich.

Ich hatte ihn über die letzten Ereignisse unterrichtet.

„Er ist etwas niedergeschlagen. Ich bin dafür, ihm seinen Teil zu geben, aber beim Coup auf ihn zu verzichten ..."

„Das scheint mir vernünftig."

Wir diskutierten noch eine Weile, entwickelten unseren Schlachtplan und trennten uns dann.

Ich ging in eine Telefonzelle, um Gloria anzurufen.

Zwei Tage waren seit dem heftigen Streit vergangen und Lautier hatte seither kein Lebenszeichen von sich gegeben. Gloria erzählte mir, daß er am gleichen Tag kurz in Begleitung eines Taxifahrers aufgetaucht war und, ohne ein Wort zu sagen, ein paar von seinen Sachen abgeholt hatte. Seine Wut schien immer noch nicht abgekühlt zu sein. Ich fragte mich, ob das so weitergehen würde, oder ob er bald seine Ruhe zurückgewinnen, die Dummheit seines Verhaltens einsehen und an den heimischen Ofen zurückkehren würde. Von einem Mädchen wie Gloria trennte man sich nicht so einfach, noch vergaß man sie so leicht. Es war allerdings möglich, daß Gloria ihn nicht mehr wollte. Er hatte sie zu gemein beleidigt. Deswegen hatte ich eine kleine Chance, obwohl ... Das war das Furchtbare: In dem Maß, in dem meine Wünsche Wirklichkeit wurden, erfüllte mich Panik.

„Heute abend hab ich Zeit“, sagte ich. „Wollen wir zusammen ausgehen?“

Es war stärker als ich.

„Gerne“, nahm sie an. „Jetzt ist es schließlich ...“

An diesem Abend gingen wir zusammen aus und am nächsten auch.

DIE VERBRECHEN DER NACH WIE VOR UNAUFFINDBAREN AUTOBANDE MACHEN SCHULE

Es scheint, daß die – hoffentlich bald beendete – Straflosigkeit, der sich das gefürchtete Gangstertrio erfreut, dessen verbrecherische Aktivitäten in letzter Zeit die Schlagzeilen beherrschten, in böswilligen Gehirnen räuberische Instinkte wachruft, die bisher durch die Angst vor der Ordnungsmacht niedergehalten wurden.

Wir haben kürzlich vom Überfall auf ein Postamt berichtet, den zwei junge Rowdies verübten, unter denen man fälschlicherweise den Krüppel, bzw. den falschen Krüppel der berüchtigten Bande erkannt zu haben glaubte.

Gestern Nacht drangen in einem Vorort zwei andere Banditen – ebenfalls mit dem Auto gekommen, aber weniger blutrünstig als ihre Vorbilder – in die Büros einer Fabrik ein und räumten den Tresor leer, in dem sich die Gelder für die heutige Lohnauszahlung befanden.

In dieser Fabrik ist es üblich, die notwendigen Lohnsummen am Vortag zu besorgen, wenn die Auszahlung auf einen Tag fällt, an dem die Banken geschlossen haben. Die Verbrecher mußten von dieser Regelung gewußt haben, wie sie auch wußten, wo sie sich an Ort und Stelle funktionstüchtige Schweißbrenner verschaffen konnten. Mit deren Hilfe öffneten sie den Tresor, nachdem sie die beiden Männer im Wachraum neben den Büros ausgeschaltet hatten.

Die Wächter erlitten keine schweren Verletzungen. Sie wurden von den zwei mit Tüchern maskierten Männern, die statt Knüppel ihre eindrucksvollen Revolver als Schlaginstrumente einsetzten, angegriffen, niedergeschlagen, geknebelt und sehr solide gefesselt.

Halbbetäubt wohnten sie der Durchführung des Verbrechens bei, ohne es verhindern zu können.

Die Einbrecher flohen mit einem Auto, das man kaum einen Kilometer entfernt verlassen am Rande eines unbebauten Geländes fand. Es war am selben Tag gestohlen worden.

Weder im Wagen noch am Schauplatz des Raubs fand sich ein Hinweis, der die Untersuchungsbeamten auf die leiseste Spur hätte führen können.

Man nimmt jedoch an, daß die Täter an Ort und Stelle Komplizen besaßen. Die perfekte Kenntnis des Geländes und der Gepflogenheiten des Hauses weisen darauf hin. Die Wächter konnten nur sehr ungenaue Beschreibungen der Einbrecher geben. Auf Befragen antworteten sie, daß das allgemeine Auftreten sie an niemanden aus der Fabrik erinnert hätte.

Die Untersuchung dauert an, und wir hoffen, daß sie schnell dazu führt, die dreisten Einbrecher zu fassen, da man offensichtlich die Hoffnung aufgeben muß, daß die Verantwortlichen des tragischen Folk-Überfalls und anderer Untaten der berüchtigten Serie zur Rechenschaft gezogen werden.

In der Not frißt bekanntlich der Teufel Fliegen, und die, die meinen, das blutige Trio nachahmen zu müssen – wenn sie dabei auch einen Respekt vor dem menschlichen Leben beweisen, der jenen unbekannt war – sollen schnellstens wissen, daß der Preis hoch ist.

Es ist unbegreiflich ...

XIV
HOLZWEG

An der Eckkneipe, drei Häuser vor Glorias Wohnung, hielt ich an, um mich mit Zigaretten zu versorgen. Ich nutzte die Gelegenheit für einen Schnaps. So war es immer: Jeder meiner Besuche erforderte ein leichtes Doping.

Im Lokal zeigte die Uhr zwei an. Sie ging sicher nach. Es mußte etwas später sein, nicht meiner eigenen launischen Uhr, sondern der Ruhe auf der Straße und im Café nach beurteilt. Allerdings würden zehn Minuten oder eine Viertelstunde nicht viel ausmachen. Angenommen, Gloria hatte zu Hause Mittag gegessen, dann hatte ich gute Aussichten, sie anzutreffen. Am frühen Nachmittag ging sie selten weg.

Es war das erste Mal seit dem Streit, daß ich sie besuchte, ohne mich vorher telefonisch anzumelden. Ein schönes Gefühl, einfach so unerwartet vorbeikommen zu können, als ob man jederzeit gern gesehen wäre.

Als ich aus der Kneipe kam, ließ ich das Auto stehen, da ich keine Lust hatte, mich für die paar Meter damit abzumühen. Ich ging zu Fuß. Kaum hatte ich die Eingangstür erreicht, hörte ich meinen Namen rufen. Ich drehte mich um. Es war Lautier.

Er schien in besserer Verfassung als bei unserem letzten Zusammentreffen, mir aber bereitete seine Anwesenheit hier keine übertriebene Freude. Ich eröffnete sofort und geradezu verzweifelt die Feindseligkeiten und zwang mich zum Spott:

„Sie ist eine Ziege, eine teure Puppe, eine Schnepfe, ein Flittchen und ich weiß nicht was alles noch“, sagte ich, „man kann sich bloß nicht damit abfinden, sie verloren zu haben, was?“

Meine Sarkasmen klangen falsch. Vielleicht merkte man es mir nicht an, aber ich fühlte es. In meiner Kehle klapperte es böse und schmerzhaft wie altes Bleigeschirr.

„Hören Sie“, meinte er in reuevollem Ton, „ich habe neulich die Beherrschung verloren. Mein Gott!“ fügte er mit feurigem Blick hinzu. „Sie kennen Gloria und behaupten, sie zu lieben. Das genügt, um zu verstehen, was man beim Gedanken, sie zu verlieren, empfinden kann.“

„Ich verstehe“, erwiderte ich. „Was wollen Sie?“

„Sie an einem ruhigen Ort sprechen. Die Leute müssen nicht unbedingt von unseren Sachen erfahren. Ich habe Ihnen eine

Menge Dinge mitzuteilen. Deshalb habe ich Sie hier abgepaßt."

„Welcher Art sind Ihre Dinge?"

Er lachte höhnisch.

„Verschiedener Art ... Mensch, machen Sie nicht so ein Gesicht. Ich werde sie Ihnen schon nicht wieder wegnehmen. Aber ich möchte ein paar Kleinigkeiten mit Ihnen erledigen ... Es wird die Zeit kommen, wo auch sie betrogen werden. Besser man weiß, wie man mit dem Nachfolger umzugehen hat."

Ich sah ihn genauer an. Es war kein Zweifel möglich. Hinter der lockeren Fassade litt er. Er stellte sich vor, daß ich Tag und Nacht mit Gloria schlief, daß 24 Stunden nicht ausreichten, um uns zu erschöpfen, und er litt darunter. Ich sagte mir, daß ich sein Leiden noch verschärfen könnte. Sich mein Leben auszumalen, quälte ihn; mich vor sich zu haben, verstärkte noch seine Qual. Das kannte ich. Ich hätte Stunden in seiner Gegenwart verbringen können. Die Realität seines Leidens würde für ihn noch konkreter werden. Wenn er seine Frau zurückholen wollte, konnte er das tun. Zwischen Gloria und mir war nichts passiert, was eine Versöhnung verhindern konnte. Mir blieb nur ein einziges Vergnügen: zu bluffen, mir was vorzuspielen und ihm das Leben zur Hölle zu machen. Ich wäre ja schön blöd gewesen, wenn ich diese Gelegenheit nicht genutzt hätte.

„Wo wollen wir hingehen?" fragte ich.

Und ohne ihm Zeit zu lassen zu antworten, zog ich ihn zu meinem Wagen.

„Wir können uns schon da drinnen unterhalten ..."

„He, he!" staunte er. „Haben Sie geerbt?"

„Ja, so was ähnliches", sagte ich.

„Das hat Sie wohl so draufgängerisch gemacht, was?"

Ich antwortete nicht. Er nahm neben mir Platz und ich startete. Er bemerkte das kupferne Kennzeichen am Armaturenbrett.

„Leben Sie im Vorort?" meinte er in einem merkwürdigen Ton.

Vorort, das hieß für ihn Provinz. In seinen Augen wertete mich das ab. Ich versuchte, mich wiederaufzuwerten.

„Eine Villa", sagte ich.

„Ist es weit?"

„Fünf Kilometer außerhalb der Stadt."

„Fahren wir zu Ihnen", bestimmte er.

Er hatte eine befehlende Haltung angenommen. Ich war unfähig, mich zu widersetzen.

„... Ich habe Ihnen einige heikle Dinge zu eröffnen ..."

Er lächelte ...

„Ich hoffe, Sie haben etwas zu trinken zu Hause. Das würde es uns leichter machen."

„Wie Sie wünschen", sagte ich.

Ich fuhr wie ein Automat. Ich dachte an die Typen, die im Autobus einer Frau auf den Fuß latschten, mit liebenswürdigem Gesicht: „Verzeihung!" murmelten, den Vorfall nutzten, um ein Gespräch anzufangen, und zum Schluß mit der ins Bett gingen, der sie auf den Fuß getreten waren. Lautier mußte zu dieser Sorte selbstbewußter und dermaßen überlegener Schwachköpfe gehören. Er hatte Gloria kennengelernt und mit ihr geschlafen. Auch ich hatte sie kennengelernt, aber das Hindernis zwischen ihr und mir entstehen lassen. Ich hatte nicht sofort daran gedacht, mit ihr zu schlafen. Es war etwas Tieferes gewesen. Ein großer Sturm hatte mich mitgerissen, der aus ihren goldflimmernden Augen hervorgebrochen war. Erst später wurde mir bewußt, was für ein elender Schiffbrüchiger ich war. Ich wußte nicht, wie ich mich im Leben verhalten sollte. Ich war ein Nihilist. Ich konnte mich nur über das bleierne Bellen des Kameraden Browning ausdrücken. Ich bahnte mir einen blutigen Weg auf Gloria zu, auf dem ich die Hindernisse beseitigte und dadurch andere entstehen ließ. Und das fürchterlichste Hindernis trug ich in meiner Seele. Plötzlich hatte ich das Mädchen vor Augen, daß die Soldaten auf den Kohlehalden getötet hatten. Sie war zehn gewesen und ich erinnerte mich, dieses Alter vermißt zu haben. Und! War ich nicht zehn Jahre? Dieser Lautier sprach mich an, sagte, daß er mit mir reden wollte, ich willigte ein, er schlug vor, zu mir zu fahren, ich gehorchte wie ein Kind, wie ein von vornherein Besiegter, der vor der Peitsche den Rückzug antrat ...

„Sagen Sie mal", meinte er plötzlich, „Sie waren vielleicht verabredet. Sie wird sich langweilen, sich wer weiß was fragen ..."

„Nein", antwortete ich.

Er sah mich erstaunt an, wollte etwas äußern, überlegte es sich anders und verfiel in Schweigen, das er erst viel später brach, um zu sagen:

„Ich habe sie eine Ziege genannt. Vielleicht ist sie gar keine Ziege. Aber man darf ihr nichts versprechen. Wie der Teufel habe ich gearbeitet ..."

Er litt, das war nicht zu leugnen. Ich kam wieder auf den Boden der Tatsachen zurück, antwortete nichts und betrachtete ihn in seinem Leiden. Ich wünschte mir nur eins: daß er lange litt. Er hatte Gloria unzählige Nächte zu seiner Verfügung gehabt, sie hatte in seinen Armen geschwelgt, er ... Verdammt! Das quälte ihn, sich vorzustellen, daß ein anderer ... Jetzt war er an der Reihe. Ich wollte ihm nicht widersprechen. Er litt. Er würde noch mehr leiden.

Wir fuhren über einen Hügel, auf dem ein Tanzcafé Wache zu halten schien. Mit seinem zerrissenen Vordach, dem Mauerwerk, das einen Neuanstrich nötig hatte, und dem verkümmerten Liguster sah das Ganze ziemlich schäbig aus. Trotzdem begnügten sich viele junge Leute damit, und zahlreiche Liebesbeziehungen waren vor diesem staubigen Hintergrund geknüpft worden. Nach dem Café erstreckte sich die Straße wie ein Band zwischen Feldern, kleinen Wäldern und öffentlichen Müllkippen. Ich bog rechts ab und fuhr an einer stillgelegten Grube vorbei. Durch das Flimmern der Hitze sah man die Hochhäuser der Stadt. Die Sonne spiegelte sich blutrot in den Fenstern. Hinter der Grube nahm ich den holprigen Feldweg.

„Ziemlich verlassene Gegend hier", stellte mein Beifahrer fest.

„Hier wird uns keiner stören", sagte ich.

Die unteren Zweige der Bäume schlugen gegen die Karosserie. Vögel flogen vor uns auf.

„Und Sie fürchten sich nicht in dieser Einsamkeit?"

„Wovor, meinen Sie, sollte ich mich fürchten?"

„Ich weiß nicht. Aber bei dieser Welle von Verbrechen ..."

Ich vermied es, ihn anzusehen, und tat, als ob ich mich ausschließlich dem Fahren widmete. Mir lief ein Schauer über den Rücken. Ob dieser Typ zufällig ... Plötzlich fiel mir ein, daß Paul zu Hause war.

„Bei mir gibt's nichts zu klauen", sagte ich.

„Das kann ich mir gut vorstellen", spottete er. „Aber, um Gloria zu halten, müßten Sie doch etwas ..."

Ich antwortete nicht.

Nach einer Kurve erschien die Villa vor uns. Mit Paul hatte ich ein Zeichen vereinbart. Dreimal hupen bedeutete, daß alles in Ordnung war. Es gab kein Zeichen für Gefahr, aber einmal Hupen konnte dafür stehen. Als ich ausstieg, um das Tor zu öffnen, richtete ich es so ein, daß ich gegen die Hupe stieß. Dann ließ ich Paul genügend Zeit, auf Tauchstation zu gehen, indem ich wie ein

Schussel durch den Garten fuhr, das Tor wieder verschloß und den Wagen abstellte. Lautier beobachtete das Ganze mit schrägem Blick.

„Sagen Sie mal“, meinte er mit einem kräftigen Schuß Arroganz, „ich hoffe, Sie fahren mich wieder in die Stadt zurück, oder?“

„Sie waren es, der mich sehen wollte, nicht ich Sie“, erwiderte ich trocken. „Wir hätten uns an jedem Ort unterhalten können; Sie haben sich mein Haus ausgesucht. Wenn ich mich entscheide, mich nicht mehr von hier zu rühren, werden Sie auf eigene Faust zurückkehren. Zu Fuß oder mit dem Bus. Einen Kilometer von hier entfernt gibt es eine Haltestelle. Ich werde sie Ihnen zeigen.“

„Ich würde das Auto bevorzugen“, meinte er gelassen.

Er verfiel in ein abgehacktes, ziemlich seltsames Lachen.

Die Eingangstür der Villa war nur zugeworfen, aber ich tat, als müßte ich mich mit den Schlüsseln abmühen. Wir traten ein. Die Fenster im Wohnzimmer standen offen. Aus diesem Grund und weil wir jeder eine Zigarette im Mund hatten, war der Tabakgeruch, den Paul hinterlassen hatte, kaum spürbar. Mit einer Bewegung zeigte Lautier auf die Fenster, die wenigen Möbel und die Unordnung des Zimmers.

„In der Tat, Sie haben keine Angst vor Dieben“, bemerkte er ironisch. „Ist Gloria schon mal hierher gekommen?“

Es war ihm einerlei, ob ich antwortete oder nicht, und er fuhr fort:

„Nein, natürlich nicht. Sie sind nicht unvorsichtig und dieser Ort stellt nicht unbedingt das ideale Liebesnest dar. Aber gerade wenn man oder frau verliebt ist ... Trotz ihrer Leidenschaft bezweifle ich jedoch, daß diese Umgebung Glorias Geschmack entspricht. Genauso der Wagen ... die Karre, sollte man besser sagen. Gebraucht gekauft, nicht wahr? Hm ... ein Gebrauchter für Gloria! Mein Lieber, die Hübsche verdient es besser. Ich selbst hatte nie die Mittel, einen Wagen zu kaufen, der Gloria würdig gewesen wäre ... Schönheit fordert Ungeahntes, mein lieber Freund, Sie werden es bald merken.“

„Um mir das zu sagen, sind Sie bis hierher gekommen, wollen sich einen Kilometer querfeldein reinziehen und ich weiß nicht wie lange an der Autobushaltestelle schmoren?“

Er hob die Hand, um mich zu beschwichtigen. Meine

Güte, er wirkte beinahe väterlich.

„Oooh! Ich werde mit der Karre zurückfahren", lächelte er. „Meine innere Stimme sagt mir, daß ich mit der Karre zurückfahren werde ... Aber lassen wir das im Moment beiseite. Wir sollten erstmal einen trinken. Holen Sie nun mal langsam die Flasche raus? Und erzählen Sie mir nicht, daß Sie nichts in der Art dahaben, das würde mich doch zu sehr überraschen."

„Sind Sie hier zu Hause oder ich?" protestierte ich.

„Wenn du meine Frau bummst, bei wem bist du dann zu Hause?" brach er plötzlich verändert hervor.

„Das stimmt", erkannte ich frech an.

Eine solche Antwort, so zynisch wie möglich gegeben, mußte tiefer in ihm nagen als eine notgedrungen vage Rechtfertigung. Ich schwor mir, gründlich Katz und Maus mit ihm zu spielen. Aus dem Schrank holte ich eine Flasche und zwei Gläser. Sie waren nicht besonders sauber. Lautier zog ein Taschentuch aus der Tasche und wischte bei seinem auf verletzend großspurige Weise den Rand ab. Er wollte mich demütigen! In diesem Moment begann ich, sein Spiel zu durchschauen, und in meinem Inneren stimmte die Hoffnung ihr Lied an.

Ich schenkte großzügig Rum ein, setzte mich und benetzte meine Lippen mit Alkohol. Lautier trank, blieb aber stehen. Er warf seinen Stummel weg und nahm eine neue Zigarette. Ich machte es ihm nach.

„Und jetzt", schlug ich vor, „würden Sie bitte die Freundlichkeit haben, mir zu sagen, was Sie auf dem Herzen haben?"

Er ging im Zimmer auf und ab, immer wieder vorbei an den Fenstern, durch die er jedes Mal flüchtige Blicke nach draußen warf.

„Verdammt einsam hier", meinte er.

„Sie erzählen mir nichts Neues", brummte ich. „Das weiß ich seit langem. Reden Sie oder hauen Sie ab!"

Er kam näher, pflanzte sich vor mir auf und blickte auf mich herab. Er hatte die Hände in den Hosentaschen, auf den Lippen ein zweideutiges Lächeln, das von der Grimasse betont wurde, zu der ihn der aus seiner Zigarette aufsteigende Rauch zwang. Aus dem miserablen Register eines satten Kleinbürgerdaseins hatte er sich den Fiesling ausgesucht. In Wirklichkeit sah er aus wie ein Trottel. Wie ein Trottel, der gelitten hatte.

„Hör mal, du Depp", sagte er, indem er jede Silbe betonte

und seine Worte mit für ihn außergewöhnlichen Wendungen schmückte. „Hör mal, letztes Mal hab' ich mich wie ein Knallkopf benommen. Du hattest recht, mir allen möglichen Dreck an die Birne zu werfen. Ich hatte es verdient. Ich war total daneben und das war Schwachsinn. Ich habe darüber nachgedacht. Ich hätte dich vor Gloria übers Knie legen und dir ordentlich den Arsch versohlen sollen. Du hättest nichts gesagt. Ich glaube, soweit kenn' ich dich. Du bist ein Waschlappen, ein armer Irrer. Bin mir nicht sicher, aber ich nehme an, daß du mit Gloria gepennt hast. Ob es stimmt oder nicht, ist mir egal, hörst du, aber ich will nicht, daß das so weiter geht, weder daß du mit ihr schläfst, noch daß du mit ihr rumschäkerst. Ich will Gloria behalten, aber mit Dir geht alles in die Grütze. Zwar ... sie würde dich schnell satt haben. Du kannst ihr nicht die Existenz verschaffen, nach der sie sich sehnt. Selbst ihren gegenwärtigen Lebensstil, den ich ihr aufgebaut habe, kannst du nicht aufrechterhalten. Aber was soll's. Auch wenn sie in zwei Monaten zu mir zurückkehren würde, ich will kein Risiko eingehen. Ich werde dich also aus dem Weg räumen ..."

„Auf welche Art?"

„Auf diese hier!"

Aus der rechten Hosentasche zog er eine dicke Automatik.

„Ich hatte einen ausgezeichneten Ort für unsere kleine intime Unterhaltung ausgewählt", fuhr er fort, „aber du hast mir noch einen besseren besorgt. Hier kann man Leute töten, ohne aufzufallen."

„Das Haus ist dafür gebaut", lachte ich nervös auf.

Mein Gott, war das komisch! Warum mußte ich mich eigentlich immer beklagen? War das Leben nicht ein Riesenwitz, ein gigantischer Zirkus, ein einziges Kaspertheater, die ständige Manifestation eines wahnwitzigen Humors?

„Was lachst du?" fragte er, durch mein Lachen verunsichert.

„Ich lache, weil du mich nicht töten wirst", sagte ich mit bebender Stimme. „Nein, du wirst mich nicht töten. Du hast neulich gesagt, daß ich nicht dämlicher sein könnte, als ich aussehe, aber du hast doch geglaubt, ich sei es. Du hältst mich für einen Deppen und einen Waschlappen. Das sind deine eigenen Worte. Du leidest, weil du Gloria verloren hast, und du willst mich aus dem Weg räumen, wie du sagst, und du hast dich dazu entschieden, mir Angst zu machen. Aber da hast du dich in den Finger geschnitten, bös' in den Finger geschnitten, weil ich gar keine Angst hab', dein Ballermann erschreckt mich nicht. Du hast nie die Absicht gehabt, mich zu töten, sondern du wolltest einfach nur den großen Mann vor mir markieren, die große Show abziehen, mir Angst einjagen. Du hofftest, ich würde aufgeben, und mit klappernden Zähnen dahin verschwinden, wo der Pfeffer wächst, aber du erschreckst mich nicht! ..."

„Angenommen, ich hätte nicht die Absicht gehabt, dich zu töten", stieß er zwischen den Zähnen hervor, „so könnte die Lust dazu mir doch kommen."

Das stimmte nicht. Dann hätte er längst geschossen. Er hatte nicht geschossen. Er würde nicht schießen.

„Man tötet die Leute nicht einfach so", sagte ich. „Da kommt erstmal die Tat selbst und dann die Folgen ..."

„Einige Kriminelle laufen lange frei herum, bevor sie gefaßt werden", meinte er.

Ich konnte mir denken, an wen er dachte. Ich setzte eine gespielt beunruhigte Miene auf.

„Heeeh!" rief ich, „du ... du willst damit doch nicht sagen, daß du ... zu diesem berühmten Trio gehörst, oder?"

Er deutete ein Lächeln an, das alle Interpretationen offen ließ. Völlig blöde stürzte er sich auf die Idee, die ich ihm lieferte. Es war sein letzter Trumpf, um mir Furcht einzujagen. Bloß lag er damit schief, und wie! Mein Zwerchfell wurde von neuem angenehm erschüttert. Er verlor nochmal die Fassung. Ich nutzte die Gelegenheit, um mich aufzurichten.

„Das ist aber ein starkes Stück?" schrie ich. „Weißt du, wer ich bin?"

Die Automatik richtete sich auf meine Brust. Er stand vor dem halb zugezogenen Vorhang, der den unteren Teil der Treppe verbarg. Unter dem gedämpften Auftreten von Leinenschuhen hatte ich sie unmerklich knacken hören. Paul war von unseren lauten Stimmen angelockt worden und wollte sich wohl einen Überblick verschaffen. Ich sah über Lautiers Schulter und nahm im Halbschatten eine lauernde unförmige Gestalt wahr.

„Erleichter' den Herrn", sagte ich. „Gewisse Enthüllungen könnten ihn wütend machen ..."

Der Bucklige war mit einem Sprung bei unserem schlecht beratenen Gast und drückte ihm die aggressive Schnauze einer spanischen Knarre schweren Kalibers zwischen die Rippen. Der Patronenstreifen wand sich wie eine gelbe Schlange um Pauls Handgelenk.

„Her mit dem Spielzeug", befahl der Bucklige mit heiserer Stimme.

Lautier ließ sich ohne Widerstand entwaffnen. Er war totenbleich und zu überrascht, um den leisesten Ton herauszubringen. Jetzt hatte auch ich meine Waffe gezogen.

„Wer macht hier wem Angst?" fragte ich ironisch.

Seine Augen blinzelten wie die eines Nachtvogels, der in den Strahl einer elektrischen Lampe gekommen war. Sie wanderten von Paul zu mir, von mir zu Paul und blieben voller Schrecken auf ihn gerichtet. Paul grinste höhnisch: „Ich mach' Eindruck auf Sie, was?"

Lautier öffnete den Mund. Er stieß einen bösen Laut aus, das Stöhnen eines gehetzten Tieres. Vorsichtshalber schloß Paul Fenster und Türen.

„Eins an der Geschichte wollen wir mal klarstellen", spöttelte ich. „Die Zeitungen sind sich nicht darüber einig, ob der Buckel echt ist oder nicht. Wir können dir versichern, daß es ein echter ist, Lautier, zu Pauls Unglück. Es macht ihm nämlich wenig Vergnügen, in seinem Alter diesen Auswuchs huckepack rumzuschleppen. Der könnte Gloria nicht bekommen. Ihm bleibt also nichts als seinen Spaß da zu haben, wo er ihn findet ..."

Ich gab den scherzenden Ton auf.

„Du wolltest mir Angst machen? Da bist du aber auf dem Holzweg. In die Höhle des Löwen bist du geraten. Und hier wirst du nicht mit heiler Haut herauskommen ..."

Ich packte ihn am Kragen und warf ihn aufs Sofa. Große ungesunde Schweißtropfen rannen über sein sich grün verfärbendes Gesicht.

„Du wolltest mich also erschrecken", knurrte ich. „Daß du glauben konntest, mich zu erschrecken, tut mir mehr weh, verletzt mich noch tiefer, als wenn ich tatsächlich Angst vor dir gehabt hätte. Du hast mich für einen Waschlappen gehalten. Alle halten mich für einen Waschlappen und ich bin der Killer Nummer Eins. Findest du das nicht zum Schießen, urkomisch, eine Geschichte voll unvergleichlichem Humor? Ich war's, der Glorias Vater umgenietet hat, weil er die Augen seiner Tochter hatte. Ich wußte nicht, daß er ihr Vater war, aber als ich diese Augen sah, ging der Schuß los ..."

Meine Stimme begann zu zittern. Ich war vielleicht genauso durcheinander wie der, den ich bedrohte. Mein Revolver schwankte gefährlich. In meinem Zeigefinger juckte es.

„Tötet mich nicht", preßte er heiser hervor. „Tötet mich nicht. Ich sage nichts. Ich lasse euch Gloria. Es ..."

Ich nahm Anlauf und versetzte ihm einen gewaltigen Fußtritt gegen das Schienbein. Er schrie kurz auf und griff an die schmerzende Stelle. Ich gab ihm einen zweiten Tritt. Das Eisen unter meinem Absatz riß ihm die Haut der Finger auf. Sein verfluchter Ehering drang in das wunde Fleisch.

„Tötet mich nicht!" flehte er.

„Wir werden dir eine Rente aussetzen", zischte ich. „Was Gloria betrifft ... Hör mal, ich dachte, ich wäre der einzige, der sich aus Spaß alles verdirbt, aber du, also nein ... Ich hab' nie mit Gloria geschlafen. Wenn du dich letztes Mal nicht so dumm angestellt hättest, wärst du noch am Leben. Es hätte genügt, mich rauszuschmeißen, nachdem du Verdacht geschöpft hattest. Ich wäre wahrscheinlich ohne Widerrede gegangen. Weil ich im Grunde nicht weiß, ob ich nicht doch ein Waschlappen und ein dämlicher Hund bin. Das hätte dir den verhängnisvollen Schritt von heute erspart. Aber jetzt hat dein letztes Stündlein geschlagen ..."

Er schien mich nicht zu hören. Ich schüttelte ihn.

„Hör zu, es ist sehr interessant. Ich habe nicht mit Gloria geschlafen. Verdammt! Warum ich nicht mit Gloria geschlafen hab'? Ich weiß es nicht. Manchmal fühle ich mich wie gelähmt. Wie in meinen Träumen. Ich schaffe es nicht, das klarzukriegen. Ich bin verrückt, ich weiß nicht, was ich will. Aber jetzt hab' ich's verstanden. Ich hab' mir die Hindernisse eingebildet. Und du bist das Haupthindernis. Ich hätte dich niemals kaltblütig getötet, weil du ein Stück von Gloria darstelltest. Teufel noch mal, wie sehr ich dich doch haßte; aber jetzt hast du dich in meine Krallen begeben und, ob wegen Gloria oder wegen dem Papst, du mußt dran glauben! ..."

„Tötet mich nicht", schluckte er. „Ich ..."

„Genug gequasselt", spuckte Paul aus.

„Ja, genug gequasselt", pflichtete ich ihm bei.

Ich hatte mir Luft verschafft. Jetzt hatte ich die Nase voll. Wir mußten die Sache beenden. Ich prüfte meine Waffe.

Mit verzweifelter Anstrengung zog Lautier die Beine an und rollte sich in einer Ecke des Sofas zusammen. Mit hängenden Armen saß er an die Wand gepreßt da, die Schultern hochgezogen. Auf seine verzerrten Lippen trat Speichel.

Paul legte seine Hand auf meine.

„Laß mich ihn abknallen", sagte der Bucklige. „Ich hab' ja nicht besonders viel Abwechslung."

In seinen Augen spiegelte sich eine tiefe Traurigkeit.

„Ja, mach du mal", meinte ich.

Ich war ihm noch etwas schuldig.

„Hau ab da!" kläffte er sein Opfer an.

„Tötet mich nicht!" winselte Lautier.

Paul schickte zwei Kugeln neben seinem Kopf in die Wand. Er amüsierte sich. Er hätte ins Schwarze treffen können, wollte es aber nicht. Lautier sprang vom Sofa und flüchtete in eine andere Ecke des Zimmers. Dabei stieß er sich an den armseligen Möbeln, die kurz zuvor noch Gegenstand seiner Verachtung gewesen waren. Paul schoß erneut, diesmal auf die Beine. Lautier brüllte auf, hüpfte wie ein Zicklein, um den Geschossen auszuweichen. Es roch nach Pulver und Schweiß. Ich weiß nicht, wer von beiden so stank, ob es aus Wollust war oder Schiß, aber es stank. Endlich endete die Treibjagd. Das Wild bekam seine Ladung in die Beine, den Rücken und die Brust und sank mit zum Kreuz ausgebreiteten Armen zusammen.

Ich näherte mich ihm. Er war erledigt, aber er atmete noch. Ein Funken Bewußtsein flackerte in seinem verschleierten Blick. Ich machte meine Waffe zum Fangschuß bereit und jagte ihm zwei Kugeln in den Unterleib. Mechanische Reflexe ließen ihn wie einen Fisch auf dem Trockenen springen und sich drehen. Er zuckte noch einige Male, als ob er es dem Teppich besorgen würde.

Allerdings spritzte er Blut.

XV
GLORIA

Im Laufe des Vorfalls hatte die Rumflasche einiges mitgemacht. Ihr Inhalt bildete einen dunklen, stark riechenden Fleck zwischen den Glasscherben vor dem Sofa. Diese Flasche war aber nicht unsere einzige. Ich holte ihre Schwester aus dem Schrank und nahm daraus einen kräftigen Schluck, bevor ich sie Paul reichte.

Ich überlegte, daß diese Villa wirklich eine komische Bude war. Ideal für abergläubische Leute. Hier mußte man sich das, was man sagte, nicht zweimal überlegen, sondern viermal, sechsmal, tausendmal. Besser blieb man gleich ganz stumm, da voreilige Äußerungen unter diesem Dach nicht gerade Glück brachten. Gisèle hatte sich gefreut, auf so sympathische Typen gestoßen zu sein, und Lautier hatte sich zufrieden über die isolierte Lage des Hauses geäußert. Sie waren beide abserviert worden.

„Diese Übung hat ziemliche Schäden hinterlassen", stellte Paul in ruhigem Ton fest, als er sich umblickte.

Wände und Möbel hatten Schußspuren. Idiotischer Nippes, den wir aus Bequemlichkeit nicht weggepackt oder zerstört hatten, war endlich seiner Bestimmung zugeführt worden. An der Stelle, wo Lautier seine akrobatischen Übungen durchgeführt hatte, waren verdächtige Kleckse.

„Wer guckt hier schon rein?" sagte ich.

„Wenn wir ins Ausland verschwinden sollten ..."

„Wir werden diese Hütte für alle Fälle behalten. Niemandem wird hier jemals etwas auffallen."

„Im übrigen ist es mir sowieso wurscht", meinte er.

Er zuckte mit den Schultern und versorgte seine Artillerie. Dann wanderte er im Zimmer auf und ab wie einer, der weder ein noch aus wußte.

„Was machen wir damit?" fragte er und blieb vor der Leiche stehen.

„Begrabe ihn heut nacht im Garten oder im Keller", antwortete ich. „Helfen kann ich dir allerdings nicht ... Ich hab' in der Stadt zu tun."

„Ich werd's schon schaffen", sagte er.

Er deutete einen Schritt zum Fenster an, wie um es zu öffnen und den süßlichen Blutgeruch, der im Zimmer stand, zu vertreiben. Er ließ aber davon ab, setzte sich und drehte nachdenklich eine Zigarette.

Ich überließ ihn der Gesellschaft der Leiche, ging nach oben, nahm ein Bad und zog mich um.

Dann holte ich die Karre aus der Garage und betrachtete sie mit neuen Augen. Es war keine Schrottkiste, aber ein bißchen verdiente sie den Sarkasmus des verstorbenen Lautier. Es war kein Rolls. Na und. Unnötig, sich den Kopf zu zerbrechen. Ich würde nie einen Rolls haben. Zur Zeit war ich zwar in der Lage, mir was Besseres anzuschaffen als diesen Gebrauchtwagen. Aber so schnell konnte ich ihn nicht mehr wechseln. Für heute mußte er noch genügen.

Ich startete und fuhr Richtung Stadt.

Es war schon spät am Nachmittag und mir wurde heiß beim Gedanken, Gloria zu verpassen. Ich mußte sie sehen. Diese Nacht würde meine Nacht sein. Ich hielt beim ersten Café, das ich am Weg fand, und rief sie an. Sie war zu Hause. Nach etwas unverbindlichem Geplauder überzeugte ich sie, abends mit mir auszugehen. Wir würden etwas essen, danach in eine Vorstellung gehen, und dann kannte ich ein Nachtlokal ...

„Mein Gott! Jean“, scherzte sie, „du bietest mir das große Leben!“

„Oh nein“, widersprach ich bescheiden, „nur ein Mal so ...“

„In der letzten Zeit gingen also die Geschäfte gut, oder?“

„Sehr gut. Und gerade heute Nachmittag habe ich ein ausgezeichnetes abgeschlossen. Das muß begossen werden.“

Das ausgezeichnete Geschäft war die Beseitigung von Lautier gewesen. Ich fühlte mich viel besser, jetzt, wo ich ihn tot wußte. Es war ganz einfach gewesen. Wieso hatte ich nicht eher daran gedacht? Dabei besaß ich doch einen nervösen Zeigefinger. Wie ich ihm früher öfter gestanden hatte, haßte ich ihn und hätte ihn gern getötet. Aber ich zögerte, ich weiß nicht warum. Letztendlich hatte ich ihn vielleicht nicht als glücklichen Rivalen beseitigt, sondern zu meiner eigenen Sicherheit. Auf jeden Fall war er tot. Nur das zählte.

Ich verabredete mich mit Gloria.

*

Als wir aus der Vorstellung herauskamen, brach ein Gewitter los. Es dauerte nicht lange, zerrte aber an meinen Nerven. Gloria wollte sofort nach Hause. Sie fand, daß sie lange genug in meiner Gesellschaft gewesen war. In ihren goldenen Augen spiegelte sich eine vage, undefinierbare Verwirrung.

„Wir dürfen nicht vergessen, daß ich immer noch verheiratet bin“, sagte sie mit einem leichten Lächeln, als sie im Auto Platz nahm.

„Verheiratet!“ lachte ich spöttisch. „Er schert sich einen Teufel drum ...“

Ich fädelte mich in den Verkehr ein. Die Fahrbahn glich einem Spiegel, über den die Autos mit leise schnurrenden Reifen glitten. Lichtreklamen blitzten.

„Die Frage ist, ob er dich liebt ... Wenn er dich lieben würde, hätte er dich nicht dermaßen beschimpft ... und er wäre schon zurückgekehrt, hätte um Verzeihung gebettelt ... Ich werde dich nie beleidigen“, fügte ich hinzu.

„Du kannst alles tun, was du willst ...“

Sie legte ihre Hand auf meinen Arm.

„Reden wir nicht mehr davon“, seufzte sie.

„Ich werde dich nie beleidigen ...“

„Fahr mich zurück“, sagte sie.

Unsere Oberschenkel berührten sich. Ich erschauderte ein wenig, wie vor Kälte. Durch den Rock hindurch vermittelte ihre Haut mir etwas Wärme. Ich steckte mir eine Zigarette in den Mund, ohne sie anzuzünden. Gleich danach warf ich sie vor meine Füße und zertrat sie. Ich wollte in vollen Zügen Glorias Parfum einatmen. Ich bog nach rechts ab, nach links und fuhr auf den Boulevard. Wir sprachen nicht. Die Kurven und die Geschwindigkeitswechsel drückten sie manchmal gegen mich, und ich sog ihr Parfum ein. Das war gut; es hätte nie enden sollen ... oder gleich auf einen Schlag und die Sache wäre erledigt gewesen. Gelassen sah ich die riesigen gelben Scheinwerfer eines Lastwagens auf uns zukommen. Sie faszinierten mich wie goldunterlaufene Augen eines Ungeheuers, das ich herbeihoffte. Allein meine Hand bewahrt uns durch ihr Eingreifen vor dem Ende. Sie tat alles Nötige, um den Zusammenprall zu verhindern. Sie handelte völlig autonom. Ich selbst saß neben Gloria und ihr Parfum – oder ihr eigener Duft – drang durch alle Poren in mich hinein. Unser Fahrzeug schleuderte, wich dadurch aus und vermied knapp den tödlichen Zusammenstoß. Der Lastwagen kam mit einem langgezogenen Quietschen der blockierenden Bremsen zum Stehen. Ein zahnloser Mund mit einer Mütze darüber schoß aus dem Führerhaus hervor und überschüttete uns mit Flüchen. Ich antwortete nicht.

„Hast du Angst gehabt?“ fragte ich Gloria etwas später.

„Ja“, erwiderte sie.

„Das kommt vom rutschigen Pflaster“, erklärte ich.

Es war nicht das Pflaster. Es war ... ich wußte nicht genau, was es war. Einfach so enden, auf einen Schlag, alle beide, jeder im Blut des anderen gebadet ... Aber so einfach war das nie. Ich kannte einen ehemaligen Luden, der in einem Puff Akkordeon spielte. Einst hatte er sich wegen einem Haufen Sachen, die nicht klappten, eine Kugel durch den Schädel gejagt. Er hatte überlebt. Die Kugel hatte nichts weiter als den Sehnerv durchtrennt. Jetzt war er eine armselige Jammergestalt, die auf ewig der Nacht verfallen war, aber am Leben hing. Eine großzügige Puffmutter duldete ihn in ihrem Etablissement. Dort streichelte der Krüppel mit aufgekrempelten Ärmeln, die in ihrer Aggressivität lächerliche Tätowierungen bloßlegten, jeden Abend sein keuchendes Instrument auf der Suche nach unsicheren Einkünften. Nein, krepieren war nicht so einfach ... Ich nahm mich zusammen. Wo war ich mit meinen Gedanken? Ich brauchte mir keine grauen Haare wachsen zu lassen. Lautier war tot. Gott, ja! Anscheinend hatte ich Schwierigkeiten, mich daran zu gewöhnen, aber er war tot, mausetot, hinüber, kalt. Ich schaute auf die Uhr am Armaturenbrett. Dank der emsigen Bemühungen von Paul mußte er mittlerweile im kühlen Grund des Gartens ruhen, draußen im Vorort. Das Gewitter begoß sein Grab, seine Frau fuhr an meiner Seite und ich wollte leben, ich ... Sie war seine Frau gewesen, aber das war vorbei. So einfach war das. Plötzlich bekam ich Angst. Sie stieg in Wellen vom Bauch hoch, umklammerte mein Herz und krampfte mir die Kehle zusammen. Ich nahm mich in acht, fuhr vorsichtig, hatte ein wachsames Auge auf die anderen Fahrzeuge und das heimtückische Pflaster. Es gehörte zu meinen Gewohnheiten, Gottes Namen zu verhöhnen, jetzt ertappte ich mich dabei, ihn anders auszusprechen, was aber keine geringere Gotteslästerung war. Ich wollte leben und vielleicht konnte ich es.

„Wir haben beide viel Angst gehabt", sagte ich. „Wir müssen etwas trinken, um uns wieder zu stärken."

Sie lächelte, etwas blaß unter der Schminke.

„Du hast immer ausgezeichnete Vorwände ... Fahr mich nach Hause", fügte sie mit einer Spur Schärfe hinzu.

„Das mach' ich schon die ganze Zeit. Auf dem Weg kenne ich eine recht gute neue Tanzbar: Die hinkende Schnecke."

„Ich will nach Hause!"

In diesem Moment brach wieder ein Gewitter über der Stadt los. Es hatte sich noch nicht beruhigt, als ich den Wagen vor dem Nachtlokal anhielt. Seine senkrechte Lichtreklame wetteiferte mit den Blitzen und teilte durch die Regenwand blinkend grelle Ohrfeigen aus. Ein Portier in einer phantastischen Uniform stürzte mit einem großen Regenschirm heran.

„Nur ein Glas, Gloria", sagte ich.

„Wenn du willst", gab sie unter Schulterzucken auf.

Bei ihrem leicht vorwurfsvollen Verhalten bereute ich meinen Vorschlag. Ich wollte gerade den Portier zum Teufel schicken, stand aber schon unter seinem Regenschirm. Dann bekam ich plötzlich Durst und half Gloria aus dem Wagen.

Am Anfang behagte mir die glänzende Seiden-Atmosphäre der Tanzbar. Ein unterwürfiger Kellner führte uns an den einzigen noch freien Tisch. Wir nahmen Platz und ich bestellte Champagner. Der duftende Tabakrauch und das teure Parfum des eleganten weiblichen Publikums schmeichelte sich in die Nase. Unter der gedämpften Beleuchtung konnte man die Gesichter der Kunden schlecht erkennen. Sie bildeten undeutliche Flecken, Schatten, die ich allmählich mit Haß betrachtete. Diese Leute kotzten mich an, es gab kein anderes Wort. Zu schmachtender Musik drehten sich Paare auf der winzigen Tanzfläche. Sie wanden sich, rieben rhythmisch die Bäuche aneinander. Ekelhafte Tiere. Sie würden nie so lieben, wie ich es konnte. Ich liebte Gloria; sie konnten nicht wissen, wie stark ich Gloria liebte. Wenn sie es gewußt hätten, wären sie davongelaufen, in einem Gully verschwunden, um ihre armseligen Sehnsüchte aller Art zu verbergen; sie hätten das Orchester gleich mitgenommen, vor allem diesen rattenmäuligen Geiger. Und sie wären nie wieder gekommen, um mich anzuöden. Aber ich versprach mir wiederzukommen, und zwar nicht allein, sondern mit Paul. Wir würden diesen Knallköpfen mit ihren lächerlichen, erfüllten Gelüsten eins über den Pelz brennen, weil ich verdammt noch mal so unglücklich war. Das Leben war zum Kotzen, es konnte nicht so weiter gehen, es mußte ein Ende finden und wenn ...

Ich fuchtelte mit den Händen, schlug ein Glas kaputt und stellte mit Erschrecken fest, daß ich langsam betrunken wurde.

„Ich komm' gleich wieder, Gloria", sagte ich.

Ich nahm alle meine Kräfte zusammen, um mich mit Anstand zu erheben und begab mich an die Bar. Dort bestellte ich beim Barmann einen dreifachen Kaffee, so einen ordentlich starken, ohne Zucker. Er lächelte und machte sich an seinen vernickelten Apparaten zu schaffen. Unten in den Toiletten steckte ich mir zwei Finger in den Hals, um mich zu übergeben. Ich kannte die Eigenart einer Champagnerbetrunkenheit. Man brauchte nur zu kotzen und konnte gleich wieder anfangen zu trinken. Aber ich wollte nicht mehr trinken. Ich wollte nicht mehr flüchten. Ich erbrach so viel ich konnte, bespritzte mich mit kaltem Wasser, ging hinauf an die Bar, um meinen halben Liter starken Kaffee einzunehmen und kehrte mit einer Zigarette im Mund zu Gloria zurück.

„Gehen wir", sagte ich.

Ihr war es recht.

Die mit Regen vermischte nächtliche Brise ernüchterte mich ganz. Ich kurbelte die Fensterscheibe an meiner Seite herunter, ließ die Luft hereinwehen und war, nachdem wir ein paar Meter zurückgelegt hatten, wieder munter.

„War dir nicht gut?" fragte Gloria.

„Ich fühlte mich nicht sehr wohl", gab ich zu. „Da drinnen war es zu heiß."

„Betrunken?"

„Nein."

Ihr Lachen perlte kurz und nervös auf.

„Ich glaube, ich bin es."

„Rede keinen Unsinn. Das bißchen, was wir getrunken haben ..."

Ich wußte nicht, wieviel es gewesen sein konnte. Ich hatte automatisch eine Rechnung bezahlt, aber nicht darauf geachtet, welcher Menge Flüssigkeit das entsprach.

„Glaubst du mir nicht? Faß' meine Hände an."

„Sie sind heiß", sagte ich.

„Das ist das Fieber. Hat man Fieber, wenn man betrunken ist?“

„Ich weiß nicht.“

„Du müßtest es wissen.“

Ich warf meine Zigarette weg.

„Du redest wie dein Mann.“

„Sprich nicht mehr von meinem Mann.“

„Er hat dich beschimpft ... Ich werde dich niemals beschimpfen ...“

Die Straßen waren verlassen, aber ich fuhr langsam. Ich löste meine zweite Hand vom Lenkrad, steuerte mit der linken und mein Arm schlang sich um Glorias Schulter. Ihr Kopf berührte meinen.

„ ... Er liebt dich nicht. Er wäre zurückgekommen. Er hätte dich nicht beschimpft ...“

„Wenn man dich so hört, liebt mich keiner.“

„Doch.“

„Wer denn?“

Ich antwortete nicht. Meine Finger verkrampften sich in ihre Schulter. Durch den Stoff hindurch spürte ich etwas wie Feuer.

„Seit wann liebst du mich?“ fragte sie.

„Seit Jahren.“

„Und die ganze Zeit so heftig?“

„Von Jahr zu Jahr mehr.“

„Du bist ein erstaunlicher Mensch, Jean.“

„Ich bin ein Idiot“, fauchte ich.

Ihre linke Hand suchte die Finger, die ihre Schulter kneteten, und streichelte sie sanft.

„Sei nicht unglücklich, Jean.“

„Ich bin nicht unglücklich. Ich war es, aber es ist vorbei.“

Ich schwieg einen Moment lang und sagte dann:

„Ich bin fünf Jahre älter als du. Als ich sechzehn war, warst du elf. Großartig, wie ich rechnen kann. Was hast du mit elf Jahren gemacht?“

„Ich erinnere mich nicht mehr“, antwortete sie.

„Ich weiß noch genau, was ich mit sechzehn gemacht habe“, sagte ich. „Zum Beispiel im Juli, als ich sechzehn wurde, das gleiche Jahr, als du elf wurdest. Ich stromerte so zu Fuß herum. Manchmal nahm ich ohne Fahrkarte die Eisenbahn. Als blinder

Passagier reisen, wie man das so nennt. Ich schlief draußen. Ob in der Stadt oder auf dem Land, ich schlief immer draußen. Ich arbeitete in einer Chemie-Fabrik. Verdiente fünfzehn Francs am Tag. Hatte mit Phosphor zu tun. Riesige Blöcke in einer mit Wasser gefüllten Wanne; man zerkleinerte sie mit Schere und Hammer. Splitter sprangen unter dem Stoß der Werkzeuge ab und entzündeten sich in der Luft. Handrücken und Vorderarme waren übersät mit Verbrennungen. Ich hatte nicht jeden Tag zu essen, schlief draußen und du? Liebling, warst elf Jahre alt, eine artige Schülerin in einem Pensionat für Mädchen aus gutem Hause. Du warst schon elegant, strahlend, hübsch, wie heute, und, wer weiß, vielleicht aufreizend ... Am liebsten stell ich mir dich mit vierzehn vor. In diesem Alter mußtest du wissen, was du wert warst. Ich war neunzehn und ein Taugenichts. Die Zufälle des Lebens auf der Walze hatten mich in einen Hafen geführt. Du warst vierzehn, hattest rotes Haar, schöne rote Lippen, eine wunderschöne Haut, und während du nachts in deinem weichen Bett ruhig vom Märchenprinzen träumtest, trieb ich mich in den Spelunken der Matrosen herum, wo feiste Vetteln, die aus dem Mund stanken und überall dreckig waren, sich von zig Kerlen nacheinander für wenig Geld in einer quietschenden Matratzengruft voller Wanzen vögeln ließen ... Welten trennten uns, und wir haben uns trotzdem getroffen, Liebling. Vielleicht war es uns vorherbestimmt ..."

Sie verstärkte den Druck ihrer Finger auf meine.

„Du machst den Hof nicht wie andere Männer", sagte sie.

„Ich mach dir nicht den Hof."

„Wie nennst du das dann?"

„Ich sage dir, daß ich dich liebe."

„Und das bedeutet nicht, mir den Hof zu machen?"

„Das ist eine Tatsache ... Es gibt die Sonne, die Erde, den Mond, die Sterne und ich liebe dich ... Die Existenz dieser Liebe festzustellen, bedeutet nicht den Hof zu machen."

„Doch, aber auf eine so liebe Art."

„Weil ich dich liebe."

„Du bist immer sehr lieb gewesen."

„Wirklich?"

„Ja."

„Ganz sicher?"

„Aber ja."

Ich hielt den Wagen an und näherte meine Lippen denen von Gloria. Ein feiner Regen hämmerte auf das Dach des Autos im Rhythmus der ersten Takte von *La Cucaracha,* die in meinem Schädel dröhnte.

„Küß mich", flehte ich, „küß mich ... Frag mich, ob sie mir weh getan haben, wie an dem Tag, wo wir uns das erste Mal sahen, frag mich, ob sie mir weh getan haben, alle die, die nicht wir beide sind. Küß mich und tu mir weh ..."

Sie entzog mir ihre Lippen.

„Nein", hauchte sie.

Ihre brennenden Finger umschlossen immer noch die meinen.

„Küß mich, Cucaracha. Auf diesen Augenblick warte ich, seit ich geboren bin. Nur um diesen Moment auszukosten, bin ich auf die Welt gekommen. Welten trennten uns und wir haben trotzdem zueinander gefunden."

Sie schmiegte sich an mich. Ich hörte ihr Herz schlagen. Stürmisch schallte meins als Echo zurück.

„Küß mich, Pyramide."

„Nein. Nachher wirst du mich nicht mehr lieben."

„Gefällt es dir, daß ich dich liebe?"

„Ja, Liebling." Sie senkte den Kopf, war zärtlich und schüchtern. „Aber es ist so schön, so zu sein, wie wir es sind. Nachher wirst du mich nicht mehr lieben ..."

„Ich werde dich immer lieben. Du kannst dir nicht vorstellen, wie sehr ich dich liebe. Ich liebe dich, wie niemand dich jemals lieben wird. Ich weiß nicht, wie ich es dir sagen sollte: ich liebe dich. Wir haben nur diese Worte zur Verfügung, die immer wieder benutzt worden sind. Unreine, vom Lügen aufgesprungene Lippen haben sie ausgesprochen. Aber wenn ich dir sage, daß ich dich liebe und immer lieben werde, ist das wahr, selbst, wenn ich es dir mit diesen ärmlichen Worten sage ..."

„Liebling! ..."

Sie gab sich hin. Ich pflückte ihre Lippen wie eine schöne Frucht, verschlang sie wie ein Ausgehungerter. Sie lallte unverständliche Worte und ich sagte: „Liebste", mehrmals, wie eine Klage. Alles wankte und die Welt verwandelte sich in ein Wunder. Ich stöhnte und seufzte, es war, als ob man mir mit einem Messer die Lenden zerkratzte. Ich unterdrückte einen Schrei gewaltigen Glücks und in einer großen Erschütterung, einem Beben von

Erde, Wasser, Feuer, Himmel und Hölle, ergoß sich mein Samen wie eine wilde Flut, wie ein köstlicher Niagara. In einem Mahlstrom wollüstiger Agonie riß er all meine Bosheit und meinen Haß, meine Schmach und die verfluchten Gedanken mit sich, und ich fühlte mich rein, gut, liebevoll und sanft, wehrlos und empfindsam und sagte mir, daß es nicht möglich gewesen sein konnte, so grausam zu sein, daß es so gut tat, nett und zärtlich zu sein. Ich legte meinen Kopf gegen den der Geliebten, verlor mich in ihrem roten Haar, küßte ihr Ohrläppchen, biß es leicht, drückte meinen Körper gegen ihren und schluchzte leise: „Meine Cucaracha, mein Leuchtturm, deine Augen sind ein Klondyke, Danziger Goldwasser, der Bug deiner Brüste, dein Bauch, dein Geschlecht, mein Körper voller Leben, meine Seide und mein Satin, mein Mädchen, meine Liebste, mein Weib, gleichzeitig mein Ende und mein Anfang, meine ...“

XVI
NACHT

Am nächsten Tag mietete ich eine kleine möblierte Wohnung, die unserer Liebe Unterschlupf gewährte. Diese Lösung paßte uns beiden ausgezeichnet. Gloria hatte das Kennzeichen am Armaturenbrett des Wagens bemerkt, aber ich schilderte ihr den Vorort, in dem ich wohnte, derart ungünstig, daß sie nicht die geringste Lust verspürte hinauszukommen.

Ich fuhr am selben Tag unter irgendeinem Vorwand in die Villa. Dort traf ich Paul, dessen Mißstimmung sich noch verschlimmert hatte. Seine Aufgabe als Totengräber hatte er perfekt erfüllt und es schien etwas davon an ihm hängengeblieben zu sein. Ich lieferte ihm mehr oder weniger glaubwürdige Gründe, um meine zukünftigen ausgedehnten Abwesenheiten zu rechtfertigen. Er machte sich nicht einmal Sorgen darüber, wie er in der Zeit essen würde. Er schien allem gegenüber gleichgültig, nur nicht dem Alkoholvorrat, den er gewissenhaft aufbrauchte. Ich erzählte ihm, daß die Bemühungen in Bezug auf den Grenzübertritt vorankamen. Das war nicht der Fall. Ich hatte überhaupt nichts unternommen. Ich hatte nie die Absicht gehabt wegzufahren, und, um die Wahrheit zu sagen, waren mir der Bucklige und Albert, der in aller Ruhe sein Geld in Kinos,

Restaurants und mit billigen Mädchen vergeudete, ziemlich egal.

Einige Tage lang war ich glücklich.

Ich wohnte offiziell in der kleinen Wohnung und traf mich dort mit Gloria. Bei ihr gab es nichts Neues. Lautier gab – aus gutem Grund – noch immer kein Lebenszeichen von sich und die Bemerkungen, die sich Gloria ihn betreffend erlaubte, wurden kürzer und seltener.

*

Gloria faulenzte auf dem Sofa. Sie reichte mir eine Zeitung, die sie abwesend überflogen hatte.

„Man erzählt", meinte sie, „daß jeder von uns einen Doppelgänger hat. Diese Frau sieht mir ähnlich."

Ich nahm das Blatt. Es war die Gazette-Dimanche, eine Wochenzeitung, die sich auf Sensationsberichte spezialisiert hatte. Als Illustration zu einem Artikel diente das Porträt einer Frau, die tatsächlich Gloria ähnelte. Eine fette Überschrift sprang mir ins Auge:

„Führt der Mord an dem Freudenmädchen Irma Rouc auf die Spur der bis heute straflosen Gangster? Nachforschungen von Gazette-Dimanche ..." las ich halblaut.

„Ja, es geht immer noch um diese Banditen", meinte Gloria.

Der Artikel lautete:

Unsere Leser erinnern sich sicherlich, daß vor einigen Tagen die Leiche des Freudenmädchens Irma Rouc in einem Hotelzimmer entdeckt wurde, wohin sie einen Kunden mitgenommen hatte. Der Fall, der belanglos aussah, scheint Überraschungen zu beinhalten. Ohne ein Dementi fürchten zu müssen, können wir aufdecken, daß sich unter dem Geld, das beim Opfer gefunden wurde, einer der neuen Geldscheine befand, der aus den Lohngeldern für die Arbeiter der Folk-Betriebe stammte. Bis jetzt war dieser Fund von der Polizei geheimgehalten worden.

Es wäre nichts Außergewöhnliches, wenn dieses Mädchen zu den Komplizen der Banditen zählen würde; Nachforschungen gehen in diese Richtung.

Genausogut wäre es möglich, daß Irma Rouc diesen Geldschein von dem Mörder für ihre Dienste bekam. In diesem Fall wäre der Mörder also allem Anschein nach der Killer der Bande.

Es stellt sich die Frage: Welchen Grund hatte der Killer, diese

Prostituierte umzubringen? Seine früheren Handlungen voll blutrünstiger Wildheit lassen annehmen, daß wir es mit einem mordenden Verrückten zu tun haben.

Einer unserer Redakteure hatte die Gelegenheit, eine „Kollegin“ von Irma Rouc, Marie X., deren Bild wir hier veröffentlichen, zu interviewen. Diese Frau, die das Opfer kannte, fragt sich heute, ob sie nicht ebenfalls den Mörder kennt. Vor einigen Monaten, als sie in einem Bordell untergekommen war, erlebte sie den unangenehmsten Vorfall, seit sie ihren Beruf ausübt. Ein, wie sie zugab, betrunkener Kunde versuchte, sie zu erwürgen, als sie sich allein in einem Zimmer befanden. Sie hatte sich gewehrt und der Betrunkene war davongelaufen. Dieser Vorfall hatte eine beträchtliche Aufregung im Etablissement hervorgerufen. Man hatte danach wachsam aber vergebens auf die Rückkehr des zweifelhaften Kunden gelauert. Wir behaupten, und insoweit teilen wir die Meinung von Marie X., daß es sich bei ihrem gefährlichen Besucher und dem Mörder von Irma Rouc um ein und dieselbe Person handelt. Marie X. kann uns nur eine sehr ungenaue Beschreibung von ihm geben: „Da er wie alle anderen aussah, ja sogar etwas netter, war ich sehr erstaunt, daß er sich so verhalten hat. Obwohl er betrunken war, wies nichts darauf hin, daß er solche Neigungen besaß ...“ Auf unsere Frage: „Keine Besonderheiten?“, antwortete die Zeugin: „Nein“, weist aber darauf hin, daß zwischen dem Gangster, der den Folk-Betriebe-Raub und die anderen Überfälle zu verantworten hat, und ihrem Kunden auffällige Ähnlichkeiten bestehen. Demnach handelte es sich ... usw ..., usf.

Ich faltete die Zeitung zusammen.

„Was für eine Geschichte!“

„Es sind wirklich Verrückte“, meinte Gloria.

„Das weiß man nicht“, sagte ich.

„Auf jeden Fall sieht mir dieses Mädchen ähnlich ...“

Sie lachte gezwungen auf.

„... meine Doppelgängerinnen stammen aus den besten Kreisen ...“

„Ja, sie sieht dir ähnlich“, sagte ich.

Sie konnte nicht wissen, wie sehr sie diesem Mädchen wirklich ähnelte. Es war vor längerer Zeit gewesen. Ich hatte mich noch nicht für den Kampf entschieden. Dieser Vorfall war seitdem in meiner Erinnerung verblaßt, aber jetzt durchlebte ich die Szene, als ob es erst gestern gewesen wäre. An jenem Abend hatten wir – Gloria, ihr Mann und ich – zusammen gegessen. Ich hatte sie gegen Mitternacht verlassen. Während des Essens hatte ich dem Wein kräftig zugesprochen. Als ich draußen war, streifte ich ziellos durch ein paar Kneipen und trank weiter, bis ich halb bewußtlos in diesem Puff strandete, in dem ausgerechnet der Blinde, der ehemalige Lude, den ich schon erwähnt habe, mit seinem keuchenden Akkordeon für Stimmung sorgte. So war es häufig nach meinen Treffen mit Gloria: ich mußte Huren sehen, sie riechen und anfassen. Es war das übelste und bunteste „Haus" zugleich, seine Kundschaft wie auch sein Personal waren träge und deprimierend.

Auf aufgeplatzten Kunstledersofas lagen nachdenkliche Chinesen, schweigsame Araber, eine Horde einsamer Seelen, Gauner und armer Schlucker, Kinder und Brüder des Elends, die stundenlang vor einem lauwarmen Halben saßen und das Spektakel der Mädchen, deren Schönheit langsam verfiel, betrachteten. Der niedrige Preis sorgte für ein ständiges Kommen und Gehen auf den ausgetretenen Stufen der engen Treppe. Viele jedoch, abgebrannter als eine Kirchenmaus, begnügten sich mit dem Zusehen. Sie erregten sich nach Herzenslust am Anblick der verblühten Reize der Priesterinnen dieses Altars, um dann schweren Schrittes hinauszugehen und sich in einer Seitenstraße in einem von Hunden verpinkelten Winkel dem einsamen Vergnügen hinzugeben. In dem Schuppen herrschte ein Mordsradau. Die Puffmutter stieß grobe Ermunterungen aus, um die Glut der Zögernden anzufachen, und ihr Ruf wurde vom menschlichen Viehbestand aufgenommen, der zwischen den brünstigen und zerlumpten Böcken hin- und herging. Dazu jaulte das Akkordeon eine billige alte Leier. Gelegentlich brüllte auch ein stockblauer Kerl und spielte den Radaubruder, woraufhin Riesen, die aus dem Nichts auftauchten, ihn mit kräftigen Faustschlägen geräuschvoll hinauswarfen. An diesem Abend hatte das Publikum nur Augen für eine Neue, die aus den anderen deutlich herausragte. Kaum hatte ich sie gesehen, drehte sich alles um mich herum. Zwischen ihr und Gloria bestanden verblüffende Ähnlichkeiten. Sie mußte ihr Alter haben und war noch nicht allzusehr vom ausschweifenden Leben gezeichnet. Ich winkte ihr und als wir oben waren, nannte ich sie in Gedanken Gloria, sie wurde zu Gloria, und ich dachte daran, daß sich im selben Moment die wirkliche Gloria in den Armen eines anderen vergnügte, und daß ich hier mit einem Trugbild saß. Mein Rausch riß mich mit sich und ich begann, den Hals des Mädchens zusammenzudrücken, um sie für ihre Ähnlichkeit mit Gloria zu bestrafen, oder vielleicht auch, weil ich meinte, wirklich Gloria vor mir zu haben ...

Aber ich tötete Marie nicht. Sie ähnelte Gloria zu sehr, als daß ich neben der Wut nicht auch gleichzeitig die Unfähigkeit, ihr wirklich weh zu tun, empfand. Es war verwickelt. Der Mord an Irma war es weniger. Aber Irma ähnelte niemandem, nur sich selbst, und sie hatte gelacht. Marie nicht. Meinem Verhalten lagen in beiden Fällen unterschiedliche Motive zugrunde ... Es war unklug gewesen, den Kissen-Trick mit einem Geldschein einzuleiten, dessen Nummer registriert war. Ich hätte genügend Kaltblütigkeit bewahren sollen, um ihn aus ihrem Strumpf herauszuholen, nachdem ich sie umgelegt hatte. Aber ich hatte an die Besonderheit des Scheins nicht mehr gedacht. Es war nun passiert; man sollte nicht weiter drauf rumreiten. Es war im übrigen nicht diese Geschichte mit dem Geldschein, dieser bedauerliche Hinweis, der mir Kummer machte. Mich beunruhigte das, was mich dazu gebracht hatte, Irma abzuknallen. Ich hatte sie erschossen, weil sie gekichert hatte ...

Ich sah Gloria an.

Lachte sie auch, ohne daß ich es merkte? Ich liebte sie dermaßen, war so glücklich, sie für mich zu haben, stürzte bei jeder Umarmung in einen derart unbeschreibbaren Abgrund von Bewußtlosigkeit, daß ich nie daran gedacht hatte, sie zu beobachten. Ließ sie es nur einfach so über sich ergehen?

*

„Gloria!"

Ringe zeichneten sich unter ihren geschlossenen und plötzlich verdunkelten Lidern ab, Ringe des Glücks. Ihre Nasenflügel bebten. Ihr Mund öffnete sich und zeigte glänzende Zähne, von denen ich meinen Blick nicht wenden konnte, ein befriedigtes Stöhnen ertönte, während ihr ganzer Körper vibrierte und langsam erschlaffte. Ich trank etwas Kaltes von ihren Lippen, aber diese Kälte war das Leben selbst, und ihre Finger mit den lackierten Nägeln verkrampften sich auf meinem Rücken, bohrten sich in mein Fleisch, und ich hielt sie keuchend in meinen Armen.

Sie war nur noch Dahinschmelzen und Wimmern und von Kopf bis Fuß, in Herz und Geschlecht ein einziger langer Liebesseufzer.

„Glücklich, Gloria?"

Meine Stimme klang seltsam. Sprechen war Blödsinn, aber ich wollte es wissen. Sie öffnete die Augen, ihre schönen goldflimmernden Augen, die jetzt wie Goldbarren aussahen. Sie suchte meine Hand und drückte sie, lächelte, ohne etwas zu sagen, und senkte wieder die Lider.

Etwas lächerlich in der Unordnung meiner Kleidung richtete ich mich auf. Glorias Brust hob sich. Ihr Gesicht mit den geschlossenen Augen entspannte sich. Ich betrachtete sie einen Moment lang und plötzlich verfinsterte mir ein Schleier, die schwarze Fahne des Zweifels, den Blick. Ich raufte mir die Haare und floh ins Nebenzimmer. Auf einem Schrank stand eine Flasche mit Alkohol. Ich nahm einen tüchtigen Zug direkt aus der Flasche. Flüssigkeit rann an meinem Kinn herunter.

Verdammte Schauspielerin! Alles Schlampen und Huren! Gloria wie die anderen!

XVII
TRAUER

Durch das Fenster der kleinen Wohnung blickte ich auf das oberste Stockwerk des Hauses gegenüber und sein mit Zink verkleidetes Dach, wo sich häufig eine Katze im Schatten eines Schornsteins zum Schlafen legte. Ein Blumentopf schmückte eine der Fensterbänke und wenn der Wind ging, so wie heute, lauerte ich stundenlang darauf, daß er fallen würde. Die Katze belauerte ich ebenfalls. Sie konnte eine unglückliche Bewegung machen und, ohne zu begreifen, was mit ihr passierte, hinunterkugeln. Wenn ich mich hinauslehnte, sah ich sieben Stockwerke tiefer die Leute auf der Straße gehen. Ich überlegte, wie groß die Wahrscheinlichkeit war, daß sie den Blumentopf auf den Kopf bekamen. Ich fragte mich auch, ob die Katze Zeit hätte, sich zu drehen, auf ihren Pfoten zu landen, und ob sie im günstigsten Falle sogar ohne Schaden davonkommen würde.

Gloria kam näher und nahm mir die Zigarette aus dem Mund, die ich mechanisch rauchte.

„Was hast du?“ fragte sie.

„Ich weiß nicht.“

Sie nahm zwei kurze Züge, dann gab sie mir die am Ende lippenstiftrote Zigarette zurück. Ich nahm sie und behielt sie zwischen zwei Fingern.

„Ärger?“

Sie konnte auch die Besorgte spielen.

Der Wind bewegte die Pflanze, aber nicht den Topf. Die Katze streckte sich. Der glühende Tabak verbrannte mir die Finger. Ich warf den Stummel weg.

„Die Gesundheit?“

„Ich weiß nicht.“

„Du siehst nicht gut aus.“

„Ich fühl mich auch nicht sehr gut“, sagte ich, um die Sache zu beenden.

Ich weiß nicht mehr, mit welchem Satz sie fortfuhr. Das Wort ‘Arzt’ war dabei und ich mußte höhnisch lachen.

„Arzt? Es gibt keinen Weißkittel für ...“

Ich unterbrach mich. Ich würde auf ewig eine lächerliche Figur sein, der Blumentopf würde nicht fallen und die Katze würde ihr Gleichgewicht behalten.

„Für ...?“ fragte sie.

Ich zog sie an mich. Ich war hin- und hergerissen zwischen dem Wunsch, sie zu schlagen und sie zu umarmen.

„Entschuldige“, antwortete ich. „Ich seh’ alles so schwarz. Ich sollte es nicht, wenn ich in deiner Nähe bin, aber ich seh’ alles schwarz. Und es gibt keinen Arzt, der die Schwarzseherei heilt.“

„Doch, genau das gibt es, Liebling.“

Ich packte meinen Hut.

„Laß uns rausgehen“, schlug ich vor. „Ein Rundgang wird mir guttun.“

Ich schleppte Gloria von Bar zu Bar und ließ mir den Kanal vollaufen.

*

Einige Tage später sagte mir Gloria Bescheid, daß sie am selben Abend bei einer ihrer Freundinnen oder einer Freundin ihrer Familie – ich weiß es nicht mehr –, die sie zufällig getroffen hatte, essen würde. Wenn ich wollte, konnte ich sie begleiten, ohne fürchten zu müssen, sie zu kompromittieren. Sie wiederholte, daß Madame Clapas eine alte Freundin war. Etwas merkwürdig fügte sie hinzu, daß ihr Mann ein Anhänger sehr moderner Ideen war: An unserer Beziehung würde er sich nicht stoßen, auch wenn er sie erahnte. Er war ein Psychoanalytiker oder irgendwas in der Richtung.

Bei diesen Worten kam mir der Gedanke, daß Gloria diese alte Bekannte wahrscheinlich nicht aus purem Zufall getroffen hatte, ja ich zweifelte nicht daran, daß sie alles selbst arrangiert hatte; wir würden nicht nur zu diesen Leuten gehen, um das Brot der Freundschaft zu teilen.

Ich sah Gloria lange an.

Nie war ich so unglücklich gewesen. Ich wußte nicht, was ich davon halten sollte, verstand diesen Schritt nicht. Schenkte sie mir ihr Mitleid und machte sich gleichzeitig über mich lustig? Sie mußte doch genau wissen, so gut wie ich und besser als irgend jemand anders, daß Mitleid überflüssig war. Also? Was für ein Rettungsring war das, den sie mir zuwarf, indem sie mich zu diesem Scharlatan schleppte?

Scharlatan? Vielleicht auch nicht ...

Beinahe hätte ich es abgelehnt, Gloria zu begleiten, hätte sie mit ihrer lächerlichen Inszenierung im Stich gelassen, aber plötzlich mißfiel es mir nicht mehr, diesem Mann gegenüberzutreten. Ja, ich empfand sogar eine gewisse Befriedigung bei dieser Vorstellung ...

„Ich komme mit", sagte ich, ohne weiter meine Gefühle auszudrücken.

*

Im Flur des Weißkittels prangte die riesige Fotografie einer sehr korrekten Person, über deren Weste die Kette einer gutbürgerlichen Taschenuhr hing. Auf dem Kinn wuchs in einem Bogen der weiße Bart, das Gesicht mit angenehmen Zügen strahlte Sanftheit aus: Es war das Porträt des Meisters, dessen bescheidener Jünger Clapas war. Mein Gemüt hatte derart dringend etwas Hilfe nötig, daß mich das Bild dieses ernsten Mannes, der verständnisvolle Güte ausströmte, stärkte.

Dieser Eindruck schuf eine günstige Ausgangslage, um unsere Gastgeber kennenzulernen. Die sehr liebenswürdige Madame

Clapas war sicherlich eher eine Freundin von Glorias Eltern als von Gloria selbst. Dafür sprachen stark ihre grauen Schläfen. Ihr Ehemann mußte gleichfalls auf die Fünfzig zugehen. Wahrscheinlich um seriöser zu wirken und um seinen berühmten Meister nachzuahmen, trug er wie dieser einen Bart, allerdings einen spitz zulaufenden. Dieser Bart milderte das Maliziöse seiner neugierigen Augen, die sich hinter einer Brille mit feinem Silbergestell versteckten.

Wir waren uns gleich sympathisch, und als er bei einer Zigarre das Gespräch raffiniert auf die „Kümmernisse der Seele" lenkte, für die er ein Spezialist war, zögerte ich nicht mehr. Vielleicht hatte auch der Wein geholfen, jedenfalls bat ich ihn von mir aus um einen Termin. Er wurde gleich auf den nächsten Tag gelegt.

*

Als ich zur vereinbarten Stunde allein dem Spezialisten gegenübersaß, konnte ich mir das Lachen nicht verkneifen. Mußte ich aber betrunken gewesen sein, um mich für diese Komödie herzugeben!

Zuerst fragte er mich, worunter ich litt, und ich antwortete, daß ich es nicht wüßte. Ich wußte es, wollte es ihm aber nicht sagen. Dieser Typ konnte mich genausowenig heilen wie irgendwelche andere. Man erwartet nicht, daß ein 5jähriger Fratz sich erfolgreich mit einem Boxmeister im Schwergewicht mißt, oder daß ein Krüppel ohne Beine den Rekord über 1500 Meter unterbietet. Mit seiner ganzen Wissenschaft konnte dieser Arzt nichts für den 5jährigen Fratz oder für den Krüppel ohne Beine tun, aber es machte mir Spaß, ihn es versuchen zu lassen. Ich hatte so einige Zeitschriftenartikel über die Theorien, die er vertrat, gelesen. Er würde mir wahrscheinlich einen Haufen Fragen über meine Träume, meine Kindheitserinnerungen und den ganzen Krempel stellen. Vielleicht würde es mich erleichtern, die eine oder andere Sache zu erzählen. Traurig und lächerlich genug, aber während dieser Zeit würde ich an nichts anderes denken.

Tatsächlich verfuhr er genauso. Nachdem er mir mitgeteilt hatte, er wisse von Madame Lautier, daß ich etwas an Neurasthenie litt – worauf ich noch einmal antwortete, daß ich es nicht wüßte, aber daß es möglich wäre –, forderte er mich auf, über mich zu erzählen und zog sich in die Ecke seines Sprechzimmers zurück und drehte Zigaretten, hörte mir allerdings aufmerksam zu.

Ich ließ mich gerne über mich aus. In diesem Hundeleben hatte ich genug eingesteckt. Jetzt wollte ich den anderen durch das Ausbreiten meiner Erniedrigungen zu verstehen geben, daß sie eines Tages für ihr Glück an diejenigen, die es nicht gekannt hatten, zahlen müßten – und zwar einen beträchtlichen Preis. Ich beschrieb ihm mein Herumvagabundieren.

„Wie alt waren Sie?“ fragte er.

„15 Jahre. Zu dieser Zeit war sie zehn.“

„Wer denn?“

Ich nahm mich zusammen:

„Niemand.“

„Fahren Sie fort“, meinte er, ohne weiter Interesse zu zeigen.

Ich blieb still.

„Sie waren fünfzehn Jahre alt“, sagte er. „Waise?“

„Ja, mit vier schon. Vater und Mutter. Ich bin von meinem Großvater aufgezogen worden. Er hat sein letztes Hemd für mich gegeben. Mit fünfzehn habe ich ihn verlassen.“

„Warum?“

„Einfach so. Ich wollte in die Hauptstadt.“

„Und wo lag der Unterschied zwischen Ihrem Zuhause und der Hauptstadt?“

„Zu Hause aß ich mich satt. In der Hauptstadt nicht.“

„Eigenartiger Grund! Und sind Sie dort geblieben?“

„Ein paar Monate. Dann bin ich in andere große Städte gezogen, wiedergekommen und wieder gegangen. Ich bin überall ein bißchen herumgekommen, habe tausend Berufe ausgeübt. Aber ich blieb nie lange in derselben Stellung. Es waren immer Drecksarbeiten, schlecht bezahlt und anstrengend.“

„Sie waren vier, als Ihre Mutter starb?“

„Ja.“

„Erinnern Sie sich an sie?“

„Reden wir nicht von den Toten“, brummte ich. „Sie verfolgen mich. Als ich ganz jung war, dachte ich, daß ich es niemals wagen würde, eine Frau anzusprechen und noch weniger mit ihr zu schlafen ... Ich habe also überlegt, daß das Ideale wäre, eine schöne Tote zur Verfügung zu haben. Seitdem besuche ich übrigens gern Friedhöfe. Und ich bin selbst ein Friedhof. Ich habe das Gefühl, um die ganze Welt zu trauern ...“

„Wahrscheinlich trauern Sie eher um Ihre Mutter."

„Nein, das sind diese Toten, diese Toten, die ich begehre, und die sich rächen. Ich habe immer nur mit Toten geschlafen, nicht mit wirklichen, sondern mit Scheintoten. Gespenster in meinen Träumen oder Frauen, die in meinen Armen leblos blieben. Das ist es, worunter ich leide: Ich fühle mich unfähig, Lust zu geben. Es ist komisch! Als ich wegen meiner Schüchternheit die Toten begehrte, suchte ich nur meine eigene Befriedigung. Jetzt, wo ich meinen Rausch teilen möchte, kann ich es nicht. Das sind diese Toten, die sich rächen. Ich sehe sie in einer dunklen Gruft nebeneinander liegen, mit langen weißen Hemden bekleidet, Rosen zwischen den Fingern und ein Diadem in den Haaren. Sie ruhen auf Marmorblöcken, denn der Grabstein ist unter der Erde, nicht oberhalb. Anna ..."

Warum erinnerte ich mich an Anna? Ihr Bild tauchte plötzlich aus der Tiefe meines Gedächtnisses auf.

„... Ich war sechs, Anna zwölf. Es war auf dem Land. Sie nahm mich mit auf ein Feld, das neben ihrem Haus lag. Dort gab es einen tiefen Graben. In den hat sie mich hineingelegt. Ich habe noch den Geruch dieses Grabens in der Nase, einen Geruch von feuchter, frischausgehobener Erde mit vom Spaten zerteilten Schnecken. Ein Graben? Nein, ein Grab. Noch ein Grab. Anna war lebendig, der Tote war ich. Als ich dann selbst zum Leben erwachte, verkehrte ich nur mit Toten, passiven Prostituierten oder heuchlerischen Schein-Liebhaberinnen. Und schließlich die, die ich über alles liebte und die unerreichbar war, das heißt eine Tote unter Toten, und die es noch mehr wurde, als ich sie endlich bekam: Gloria!"

„Madame Lautier?"

Es war, als ob ich aus einem Traum erwachte.

„Da hab ich mir den Mund verbrannt, was?" lachte ich spöttisch. „Ja, Madame Lautier. Da ihr Mann abgehauen ist, gehe ich mit ihr ins Bett", fügte ich mit erleichternder Grobheit hinzu. „Wußten Sie das nicht?"

„Ich habe es mir fast gedacht", lächelte der Weißkittel. „Also ..." Er strich sich über das Bärtchen.

„... Eine Frau wie Gloria, die Sie anscheinend liebt ..."

„Woran erkennt man, daß eine Frau einen liebt?"

„Mein Gott! Es gibt einen ziemlich eindeutigen Akt."

„Die Nutten führen ihn durch, diesen Akt. Dabei lieben sie

ihre Kunden doch gar nicht."

„Das sind Frauen, die man dafür bezahlt."

„Und die anderen? Man führt sie aus, schenkt ihnen einen Hut oder Parfum. Das ist auch Prostitution und Käuflichkeit."

„Sie reden wie ein Anarchist."

„Schon möglich. Ich habe mich auch in diesen Kreisen bewegt. Ich muß mich für einen Anarchisten gehalten haben."

„Was hat Sie dort so angezogen?"

„Sie wandten sich gegen einen Haufen von Dingen, die mich, das spürte ich dunkel, bedrückten."

„Um was an deren Stelle zu setzen?"

„Darüber habe ich mir nie Gedanken gemacht."

„Sie sind ein Nihilist", lächelte er.

„Nicht ganz", widersprach ich. „Das Leben ist zwar zum Kotzen, aber man müßte es ändern können. Ist das möglich?"

„Ich weiß nicht", sagte er. „So wie es sich uns darbietet, hat es in seiner Unvollkommenheit auch gute Seiten. Sie selbst, der sich quält, weil er anscheinend keine Lust geben kann, geben es zu."

„Das genau ist mein Dilemma."

Er befragte mich und ich antwortete folgsam. Ich hatte keine Lust mehr, mich zu verstellen. Dieser Spitzbärtige war das einzige Wesen auf der Erde, das imstande war, mein Leid zu verstehen.

„Gut", meinte er dann und rieb sich die Hände. „Für heute reicht es. Sie sind ein interessanter Fall. Ich beginne, Ursprung und Entwicklung ihrer Neurose zu erkennen, auch wenn viele Punkte noch unklar sind. Aber man kann nicht erwarten, alles in einer Sitzung herauszufinden. Wir werden es aber schaffen, mein Freund. Wir werden es schaffen und Sie werden sich nicht mehr einbilden, irgendsoein verdammtes Opfer zu sein. Körperlich sind sie gebaut wie jeder andere, bloß ... Ich kann mit Ihnen offen reden, oder? Sie sind intelligent, es wird Sie nicht kränken. Also! Hier drinnen ..."

Er tippte mir väterlich gegen die Stirn.

„... passiert es. Wenn ich Ihnen sagen würde, daß mittags die Sonne scheint, außer natürlich wenn es regnet, würden Sie es mir nicht glauben wollen, und es ist doch anerkannte Wahrheit. Meine Aufgabe ist es, Ihnen die Fähigkeit zu sehen, einen klaren und gesunden Blick für die Dinge zurückzugeben. Es wird mir gelingen ..."

„Einige Frauen haben über mich gelacht", riskierte ich noch einmal.

„Welche?"

Irma Rouc konnte ich schlecht nennen.

„Ich weiß nicht", antwortete ich. „Ich vermute ..."

Er klopfte mir freundschaftlich auf den Rücken.

„Sie vermuten zuviel. Sie besitzen eine starke Einbildungskraft, fühlen sich pausenlos verfolgt und sind etwas masochistisch. Ein sehr interessanter Fall, den ich mich freue zu heilen."

Wir verließen sein Sprechzimmer und gingen nach nebenan, wo Gloria, die mich begleitet hatte, als Freundin des Hauses mit der Frau des Arztes plauderte. Wir unterhielten uns ein paar Minuten zu viert über dies und das. Dann ging ich und Gloria kam mit.

Dieser Mann hatte mir Mut gemacht, und vielleicht hätte ich anfangen können, das Leben mit anderen Augen zu betrachten, wenn es nicht die letzten Ereignisse gegeben hätte, diese Leichen, die ich mit mir herumschleppte und die auf mir lasteten. Diese Kadaver konnten sich mit meinen berühmten toten Frauen paaren und versuchen, Kinder zu zeugen, um die schauerliche Prozession zu vervollständigen.

Der Tod, immer wieder der Tod!

Ich hatte dem Arzt gesagt, daß ich ein einziger Friedhof war. Besser konnte ich mich nicht charakterisieren. Er hatte mir entgegnet, daß ich um meine Mutter trauerte. Um mich selbst trauerte ich, und das nicht erst seit gestern. Und ohne triftigen Grund, denn es handelte sich ja nur um das Ergebnis wilder Einbildungen, wie mir der Spitzbärtige versichert hatte ... obwohl ...

Trotz dieses letzten Zweifels verbrachte ich eine wunderschöne Nacht mit Gloria.

Die letzte, denn am nächsten Tag brach alles zusammen.

*

Die Sitzung hatte kaum begonnen. Gloria und die Frau des Arztes, die ein Schwätzchen hielten, waren hinter der geschlossenen Tür verschwunden. Ich hatte noch nicht diesen Zustand des Vorbewußten erreicht, der Geständnisse so begünstigt. Ohne mich besonders für meine Worte zu interessieren, erzählte ich meine Träume. Durch das auf das ruhige Gärtchen geöffnete Fenster blickte ich auf einen einzigen Baum, der mitten in einem Blumenbeet stand. Doktor Clapas wohnte in einer friedlichen Straße. In dieser friedlichen Straße brach plötzlich ein ungewohntes Getöse los.

Der Arzt runzelte die Stirn, erhob sich und machte das Fenster zu. Ich stand ebenfalls auf. Ich hatte das Berufskrächzen der Zeitungsverkäufer erkannt, die *„Sonderausgabe“* brüllten, und meinte, ein oder zwei verdächtige Worte verstanden zu haben. Kaum hatte der Arzt das Fenster geschlossen, öffnete ich es also trotz seiner erstaunten Proteste wieder, und spitzte die Ohren. In der Nähe hatte ein Ausrufer seine Runde wegen eines Kunden unterbrochen. Dabei hörte er nicht auf, seine sensationelle Schlagzeile auszurufen. Wie einen Donnerschlag hörte ich:

„Der Bucklige der unheimlichen Bande verhaftet! ...“

„Immer noch diese berüchtigten Gangster“, bemerkte der Doktor.

„Ja“, antwortete ich.

„Hoffentlich ist es das letzte Mal, daß man über sie redet.“

Ich schloß das Fenster wieder und war mir unsicher, wie ich mich verhalten sollte. Ich mußte seltsam aussehen, denn der Weißkittel fragte mich, ob mir schlecht wäre. Meine Antwort war ausweichend.

„Sagen Sie mal“, sagte ich spöttisch, „diese Jungs da, diese Mörder, die müßten doch für Sie als Psychiater einen prächtigen Untersuchungsgegenstand abgeben, oder?“

Durch seine Brille warf er mir einen merkwürdigen Blick zu. Begriff er, daß Außergewöhnliches bevorstand und daß es auf kriminellem bzw. psychoanlalytischem Gebiet dramatische Enthüllungen geben würde? Verdächtigte er mich? Mir blieb keine Zeit, das herauszufinden. Sein Spitzbart zitterte, er wollte gerade etwas sagen, als das Geräusch einer heftig aufgerissenen Tür ihm das Wort abschnitt. Ich drehte mich um. Gloria, der die Gastgeberin folgte, stürmte ins Zimmer. Sie war schöner als jemals zuvor, verwirrt, mit zerzausten Haaren und funkelnden Augen. Ihre Hände zerknüllten eine Zeitung.

„Du!“ schrie sie.

Dieser Schrei enthielt alles. Verzweiflung, Entsetzen, Angst und Zorn, eine vollständige Palette aller Gefühle. Ich verstand. Sie wußte Bescheid! In derselben Sekunde hatte ich die Knarre in der Faust, wie aus dem Ärmel gezaubert, und stellte mich mit dem Rücken zur Wand, um vor Überraschungen sicher zu sein.

„Alle in die Ecke da", befahl ich dumpf und zeigte auf die, die am weitesten weg war. „Macht schnell und haltet die Klappe, denn der kleine Killer Nummer Eins bin ich, und das hier ist eine niedliche Knallpistole, die lange nicht benutzt wurde und jetzt gerne losgehen würde ..."

Sie erstarrten. Offensichtlich wußte Gloria durch die Zeitung, worauf sie gefaßt sein mußte. Der Arzt seinerseits mußte inzwischen gleichfalls genügend aufgeklärt sein. Seine Frau aber, die wahrscheinlich Gloria nur begleitet hatte, weil sie über ihr Verhalten beunruhigt war, konnte meinen brutalen Empfang nicht fassen. Mit einem spitzen Schrei kippte sie aus den Latschen. Ihr Mann zögerte, machte dann aber Anstalten, ihr zu Hilfe zu eilen.

„Lassen Sie das, Weißkittel", sagte ich. „Zurück in die Ecke und zwar schnell, verdammt noch mal! Und die Hände hoch, solange ich nichts anderes sage!"

Er gehorchte, genauso wie Gloria. Sie ließ die Zeitung los, die herabsegelte auf die mageren Beinchen der Ohnmächtigen.

Ich berauschte mich daran, wie Gloria langsam unter meiner Drohung zurückwich. Ein krampfartiges Lachen öffnete ihr den Mund, ohne ihre Schönheit zu beeinträchtigen. Ihre Zähne blitzten wie etwas aufreizend Gefährliches im Innern einer reifen Frucht. Die Brüste, die durch ihre Armhaltung stolz gestrafft waren, provozierten mich in meiner elenden Lage. Ich erinnerte mich nicht mehr, ob ich es geträumt hatte, oder ob sie es einmal gesagt hatte: „Sie wachsen", oder ob ich es an ihrer Stelle gesagt hatte ...

Während ich sie weiter im Schußfeld meiner Kanone hielt, trat ich hinter den Schreibtisch und begann, die Schubladen auf eventuelle Artillerie zu durchsuchen. Dann riß ich das Telefonkabel aus der Wand und knallte den Apparat zu Boden.

„Könnt die Arme runternehmen. Aber merkt euch, daß ich euch bei der kleinsten verdächtigen Bewegung umniete ..."

Ich zeigte auf einen leeren Tisch und zwei Stühle daneben.

„Setzt euch dahin und die Hände flach auf den Tisch!"

Als sie Platz genommen hatten, hob ich die Zeitung auf und legte sie vor Gloria hin.

„Lies mir vor, was drin steht."

Sie warf mir einen verzweifelten Blick zu, riß sich zusammen, nahm mit zitternden Händen die Zeitung und begann mit matter Stimme zu lesen. Ich zündete mir eine Zigarette an und hörte gierig zu. Der Arzt war nicht weniger aufmerksam.

Die teuflische Gier nach Sensationen um jeden Preis brachte die Zeitung dazu, Dinge zu drucken, die die Polizei sicher gerne geheimgehalten hätte, aber ich konnte mich nicht beklagen. Paul war seit dem Vormittag in den Händen der Bullen. Deren Riecher hatte bei seiner Ergreifung allerdings keine Rolle gespielt. Dieses bucklige Schwein hatte sich in einem Anfall von Melancholie selbst gestellt. Seit Gisèles Hinrichtung war ihm alles schnuppe. Das hatte ich zwar gespürt, aber als ausgemachter egoistischer Dummkopf, der ich war, hatte ich dem keine besondere Bedeutung beigemessen. Kurz, er war verzweifelt und wenn er schon krepieren mußte, dann wollte er sich wenigstens an mir rächen, dem, der ihn dazu gebracht hatte, seine Geliebte umzubringen. Diese verdammte Drecksau von Krüppel plauderte alles aus, was wir gemacht hatten. Bunt durcheinander denunzierte er Albert, Christus und all die Komplizen unserer Anfangszeit. Mich bedachte er mit einem Gutteil, schob mir den Mord an Gisèle zu – was im Grunde genommen nicht ganz falsch war – und vergaß unter meinen Missetaten auch Marcel und Lautier nicht. Paul mußte einen ziemlichen Haß auf mich haben, einen ganz schön angestauten Haß. Aber ich verstand ihn, und überhaupt, mußte nicht eines Tages alles so enden? ...

Die Zeitung gab bekannt, daß intensiv nach mir gefahndet wurde und die Belohnung für meine Ergreifung – tot oder lebendig – verdoppelt würde. Ein Absatz, den Gloria mit gesteigerter Erregung vorlas, erwähnte die Verwandschaft zwischen Lebas und Lautier.

Ich dachte daran, daß Gloria zum Glück seit gestern nicht nach Hause gegangen war. Heute mußte ihre Wohnung von Polizisten wimmeln. Wie dem auch sei, der Aufschub, der mir bis zum großen Finale gewährt war, würde einige Tage, vielleicht nur wenige Stunden nicht überschreiten.

„Na, Weißkittel?“ spottete ich. „Wie finden Sie Ihren Patienten? Ist er gut genug für einen Arzt Ihres Rufs? Ich nehme an, daß Sie oft Verbrecher untersuchen mußten. Die sahen Sie aber nur hinter Gittern, schon gebrochen, während ich ... Ich bin hier, noch in Freiheit. Ihre Kollegen werden grün werden vor Neid.

Ein interessanter Fall? Das hätten Sie nicht besser sagen können ..."

Ich unterbrach mich. Seine Frau kam wieder zu sich und bewegte sich ein wenig am Boden.

„Kümmern Sie sich um sie", sagte ich, „aber keine Sperenzchen."

Er beugte sich über seine Frau, hob sie auf und legte sie auf das Sofa. Er schlug ihr in die Hände und ging die ganze elementare Gymnastik durch, die Leute wieder zu sich bringt. Madame Clapas öffnete die Augen, schloß sie wieder, sowie sie die Schnauze meiner Waffe erblickte, und hätte beinahe wieder schlapp gemacht. Ich sagte ihr, daß ich ihr nichts Böses wolle, aber sie müsse ruhig bleiben. Anscheinend hatte sie meine Forderung schnell kapiert.

„Darf ich bei ihr bleiben?" fragte der Arzt.

„Ja, aber behalten Sie die Hände im Schoß. Und Gloria soll sich zu Ihnen setzen. Ich hab Sie gern auf einem Haufen."

„Was hast du mit uns vor?" fragte Gloria, als sie bei den anderen war.

„Ich werde bald gehen", gab ich als Antwort. „Vorher möchte ich aber etwas mit dem Doktor besprechen. Gestern sagten Sie mir, Weißkittel, daß Sie Vermutungen über den Ursprung und die Entwicklung meiner Neurose hätten, daß aber zahlreiche Punkte noch unklar wären. Ich werde sie erhellen."

„Ja, bitte", meinte er zuvorkommend und ohne jegliche Ironie im Ton. „Ich werde Ihnen gern zuhören und bin überzeugt, daß es für uns beide nur von Nutzen sein kann."

Trotz der kritischen Lage hatte ihn sein Metier wieder gepackt. Hinter seiner Brille glänzten die Augen vor ungeduldiger Neugier. Ja, ich war ein interessanter Fall, ich würde ihm etwas bieten.

Triumphierend erzählte ich alles, was ich getan hatte, das was in der Zeitung stand, und das, was nicht drin stand. Diese blutige Liste ergänzte ich mit den Gedanken, die mir meiner ungefähren Erinnerung nach jedesmal, wenn ich den Abzug drückte, durch den Kopf gingen, sprach von Gloria, von allem. Wie ich es mir vorgenommen hatte, bot ich ihm wirklich etwas, und sein Erstaunen blieb nicht aus. Ich tat das um so lieber, als es mich erleichterte, auf diese Weise ein Geständnis abzulegen. Falls ich jemals vor Gericht kommen würde, würde mir der Untersuchungsrichter solche Äußerungen nicht gestatten ... Ich ergötzte mich daran, mein Elend auszubreiten, mein Leid hinauszuschreien, bis in die tiefsten Abgründe in mir vorzustoßen. Ich kostete es aus, über meine Vergeltungsaktionen zu sprechen, die eigentlich keine waren, um schließlich über meine ständigen Niederlagen in diesem so beschissenen Leben zu triumphieren ...

Ich verstummte.

Das Schweigen hielt an.

Madame Clapas wich meinem Blick aus. Ein krampfhaftes Zittern erfaßte ihr rechtes Bein. Ich nehme an, sie war zu erschrocken, um auch nur eins meiner Worte gehört zu haben. Glorias Gesicht, das von ihren wundervollen Haaren umrahmt war und in dem sonst ein Goldflimmer wie von Lebenswasser glänzte, war jetzt ausdruckslos wie das Gesicht einer Wachspuppe. Der Doktor hatte mir aufmerksam zugehört, mit dem Kopf genickt und bei einigen Stellen meiner Erzählung den Mund verzogen. Seine Hände hatte er gehorsam im Schoß behalten. Eine löste er und zeigte in Richtung meiner Automatik, die ich fest an meiner Hüfte hielt.

„Das ist ihr Penis!“ sagte er.

*

„Sie trauern um Ihre Mutter“, erläuterte der Arzt ruhig. „Seit sie tot ist, verweigern Sie das Leben. Alle Ihre Handlungen beweisen es. Einem Heim, wo es Ihnen an nichts fehlt, ziehen Sie eine Vagabunden-Existenz voller Ungewißheit vor. Die einfache Tätigkeit des Essens nimmt in Ihren Augen den Charakter einer unerträglichen Obszönität an. Um Ihrer verstorbenen Mutter treu zu bleiben, haben Sie sich in eine krankhafte Schüchternheit zurückgezogen, Sie sind innerlich kastriert – eine weitere Verweigerung des Lebens – und zwar in dem Maße, daß Sie sich für unfähig halten, bei einer Frau sexuelle Lust zu erregen, und wenn Sie diese Lust doch vermitteln, negieren Sie sie und bezeichnen sie als Komödie. Da Sie sich stets wie ein Ausgestoßener verhalten – Geldmangel ist auch eine Form von Kastration – konnten Sie auf keine anderen Gefühlspartnerinnen hoffen als auf passive, käufliche. Bei allem, was Sie unternommen haben, haben Sie sich selbst die schlechtesten Karten gegeben, um folgerichtig zu scheitern. Sie wollten Lust geben und litten darunter, es ihrer Meinung nach nicht zu können. Warum haben

Sie versucht, wieder an die verlorengegangene – *tote* – Tradition der revolutionären illegalen Aktionen anzuknüpfen? Um die Unterdrückten zu retten, etwa um denen Lust zu bereiten, die sonst keine haben? Wahrscheinlich. Es ist aber gleichzeitig auch ein Vorwand. Ihr von Grund auf negatives Verhalten läßt Sie den Tod suchen. Nun ist es häufig so, daß die Menschen, die am meisten zum Sterben entschlossen sind, zögern, sich selbst umzubringen. Sie suchen dann einen anderen Weg, um ein Ende zu finden. Das war unter anderem bei Lacenaire der Fall. Er war bei der Wahl seiner Todesart unentschlossen, lehnte das Gift und das Wasser aus ästhetischen Gründen ab, entschied sich letztlich für das Eisen und gab sich mit gräßlichem Humor dem Fallbeil der Guillotine hin. Wie das Leben von Lacenaire ist auch ihres nur ein langer und raffinierter Selbstmord gewesen. Sie haben es so gehandhabt, daß Sie nicht durch Ihre eigene Hand sterben, sondern durch eine fremde, aber von Ihnen geführte Hand. Ich glaube, daß Sie Ihr Ziel erreicht haben ... Die heftige Liebe, die Sie für Gloria empfinden, hat Sie endgültig verstört. Wer ist Gloria? Eine Frau, die Sie aus einem zweifachen Grund für unerreichbar hielten: einmal lebte sie in ganz anderen Kreisen und zweitens war sie verheiratet. Gewiß lieben Sie sie, aber aufgrund Ihres Minderwertigkeitskomplexes befürchten Sie, sich unterordnen zu müssen, und die Hindernisse auf Ihrem Weg mißfallen Ihnen nicht. Gloria kann auch den Tod symbolisieren, nach dem Sie sich sehnen. Madame Lautier bewegt sich in einer *anderen Welt* als Sie und Sie sind überzeugt, ihr niemals Lust bereiten zu können, ob sie Ihnen gehört oder nicht: *Immer wird sie eine Leiche bleiben.* Mit Ihren eigenen Worten, eine Tote unter Toten. Als die Streikenden, zu deren Unterstützung Sie Ihren ersten Überfall begangen haben, Ihre Geschenke zurückweisen, empfinden Sie diese Ablehnung wie eine Liebesenttäuschung, wie eine sexuelle Beleidigung. Sie entscheiden sich, Ihre kriminelle Karriere fortzusetzen, wahrscheinlich in der Hoffnung, daß sie Ihnen das Geld verschafft, um Gloria zu gewinnen, aber auch mit der unbewußten Absicht, einen weiteren Schritt in Richtung Henker zu machen ... Ihren Penis haben Sie durch einen Revolver ersetzt. Und statt Leben und Lust zu geben, säen Sie Tod und Verzweiflung ... Die Besänftigung, die Sie empfinden, als Gloria Ihnen endlich gehört, ist nur flüchtig. Sehr schnell ziehen Sie die Ernsthaftigkeit der Hingabe Ihrer Geliebten in

Zweifel, was leider geradewegs die Fortsetzung Ihres verworrenen Schicksals darstellt. Ihr Lebensziel ist nicht Gloria, sondern die leidenschaftliche Suche nach dem Tod, ein langer Selbstmord ... Das sage ich Ihnen ...“

Ich stieß ein unterdrücktes Fauchen aus:

„Halten Sie den Mund!“

Der Doktor beachtete meine Aufforderung nicht. Seine Stimme vibrierte:

„Das sage ich Ihnen: Sie trauern um Ihre Mutter und um sich selbst. Sie haben sich freiwillig kastriert und das Leben immer verweigert ...“

„Halten Sie den Mund!“ wiederholte ich.

„Ja, natürlich“, sagte er sanft. „Außerdem bin ich fertig.“

Er lehnte sich zurück. Das Licht spielte auf den Gläsern seiner Brille, entriß ihnen stählern kalte Reflexe.

„... Das ist nur eine kurze und schnelle Analyse, aber ich bin fertig.“

Eine Stille, die wie an den Körpern klebte, herrschte im Raum. Einen Moment lang betrachtete ich das Trio: den Mann, der beruflich befriedigt war, seine vor Angst kranke Gattin und Gloria, die genauso erstarrt war wie ich.

Ich nahm mir die letzte Zigarette aus der Packung. Während Clapas' Vortrag hatte ich ununterbrochen geraucht. Ich zündete die Zigarette an. Das Leben war zum Kotzen und ich hatte es noch mehr vollgekotzt. Dieser Revolver ...

Mein Blick glitt auf die Waffe hinunter. Ich hatte sie tatsächlich für einen heiligen Gegenstand gehalten. Mechanisch prüfte ich ihre Funktionsfähigkeit. Ein Schrei ertönte. Meine Bewegung hatte die Frau des Doktors erschreckt.

Ich richtete meine Aufmerksamkeit erneut auf die Gruppe. Durch die unerträglich grau-grün glitzernde Brille sah mich der Doktor prüfend an.

„Wirst du uns töten?“ fragte Gloria tonlos in die drückende Stille.

Ich antwortete nicht.

Langsam bewegte ich mich rückwärts auf die Tür zu, sicherte dabei meinen Rückzug mit der immer noch gezogenen Automatik. Meine Schuhe mißhandelten den Teppich.

Ich sah Gloria an, ihre Augen, ihre Nase, ihren Mund, ihr Kinn, und ihre Ohren, die von zwei roten Haarsträhnen eingefaßt waren. Ich berauschte mich an den Linien ihres Körpers. Mir war, als ob mein Kopf in einen Schraubstock gespannt war. Ich weiß nicht, ob ich um meine Mutter trauerte. Es war möglich, aber meine Mutter kam in keinem Lied vor. Gloria dagegen hatte ich eines Tages gesagt, daß ich durch sie sterben würde, und es gab einen blöden Schlager, der diese Worte verewigte. Als wir uns kennenlernten, hatte das Lied der Kakerlaken und Kakteen auf ihren Lippen gelegen. Ich wußte nicht, durch wen ich sterben würde, durch Gloria, meine Mutter oder durch mich. Aber ich würde sterben und all diesen toten Frauen nachfolgen. Das Gefühl, das in mir hochstieg, war weder Trauer noch Freude, sondern einfach Gleichgültigkeit, schrecklich mathematisch, zwei und zwei waren vier, das Leben war so zum Kotzen und ich war ein Friedhof ...

Ich spürte die Tür in meinem Rücken.

„Gloria!“

Von nun an war alles nutzlos. Nichts hatte mehr Sinn, nichts hatte jemals Sinn gehabt und trotzdem ... Ich fragte mich, ob dieser Mann die Wahrheit sagte ... ob meine Leidenschaften manchmal ein ehrliches Echo gefunden hatten ...

„Hast du Lust empfunden, Gloria?“

Der Raum leerte sich, die Menschen, die Möbel, das Licht und der Schatten verschwanden. Nur Gloria blieb. Sie erfüllte alles.

Sie zögerte. Ihre Wimpern flatterten heftig und im lautlosen Ringen wirrer Gefühle belebten sich die kostbaren goldflimmernden Augen.

„Nein!“

Meine Kehle zog sich zusammen. Ein kurzer Krampf erfüllte meinen Mund mit Bitterkeit. Schwerfällig führte ich meinen linken Arm hinter den Rücken, suchte tastend den Türgriff und drehte ihn. Mein Blick konnte sich nicht von Gloria lösen.

„Ich hätte so gerne gelebt“, sagte ich.

Ich ging hinaus.

PRESSE

Aus L'Echo vom 7. Oktober ...

Das am meisten gefürchtete Mitglied der unheimlichen Bande, der Killer Jean Fraiger, wurde gestern erschossen, als er mit der Waffe in der Hand eine Polizeiwache betrat. Seit dem 17. September, dem Tag, an dem er von seinem Komplizen, dem Buckel-Paul, verraten worden war, wurde er vergeblich gesucht ... *(Fortsetzung auf Seite 5)*

Aus Gazette-Dimanche vom 12. Oktober ...

Unsere Leser haben sicher bereits erfahren, daß am vergangenen Montag, dem 6. Oktober, der blutrünstige Killer der unheimlichen Bande, Jean Fraiger, auf einer Polizeiwache erschossen wurde, die er offensichtlich in einem Wutanfall angreifen wollte. Der Verbrecher erschien dort bei Anbruch der Nacht, in jeder Hand einen Revolver, begann zu schießen, ohne aber jemanden zu treffen. Die Beamten, die Zeit genug gehabt hatten, sich mit seiner Photographie vertraut zu machen, die auf jeder Wache aushing, erkannten ihn sofort und machten sich zum Gegenangriff bereit. Der Bandit sah völlig verstört aus und konnte sich kaum auf den Beinen halten. Der Rückstoß der beiden eingesetzten Revolver, die er in Hüfthöhe gegen seinen Körper preßte, versetzte ihn in Zuckungen. Er schrie:

„Schießt auf den Schwanz!"

Eine Untersuchung der Leiche erlaubt uns jetzt zu bestätigen, daß einige Polizisten dieser merkwürdigen Aufforderung nachgekommen sind.

Seit dem 17. September, den er zusammen mit Doktor Clapas, dem bedeutenden Psychiater, verbracht hatte, war der Verbrecher unauffindbar gewesen. Man weiß nicht, wo er sich versteckt hielt. Die Obduktion hat ergeben, daß er buchstäblich am Verhungern war, als er in die Polizeiwache eindrang. Bei ihm fand man ein ausführliches Bekenntnis, das teils mit Kugelschreiber, teils mit Bleistift auf allerlei Papierfetzen geschrieben war. Anscheinend hatte er die zwanzig Tage zwischen Denunzierung und Tod darauf verwandt, dieses Dokument zu verfassen, dessen exklusives Ver-

öffentlichungsrecht sich Gazette-Dimanche *– immer einen Schritt voraus bei Sensationsnachrichten – gesichert hat.*

Die erste Folge finden Sie auf Seite 7 zusammen mit einer Studie des bedeutenden Psychiaters Doktor Clapas über diesen besonderen Fall von Minderwertigkeitskomplex. (Siehe Seite 7)

Oktober 1947

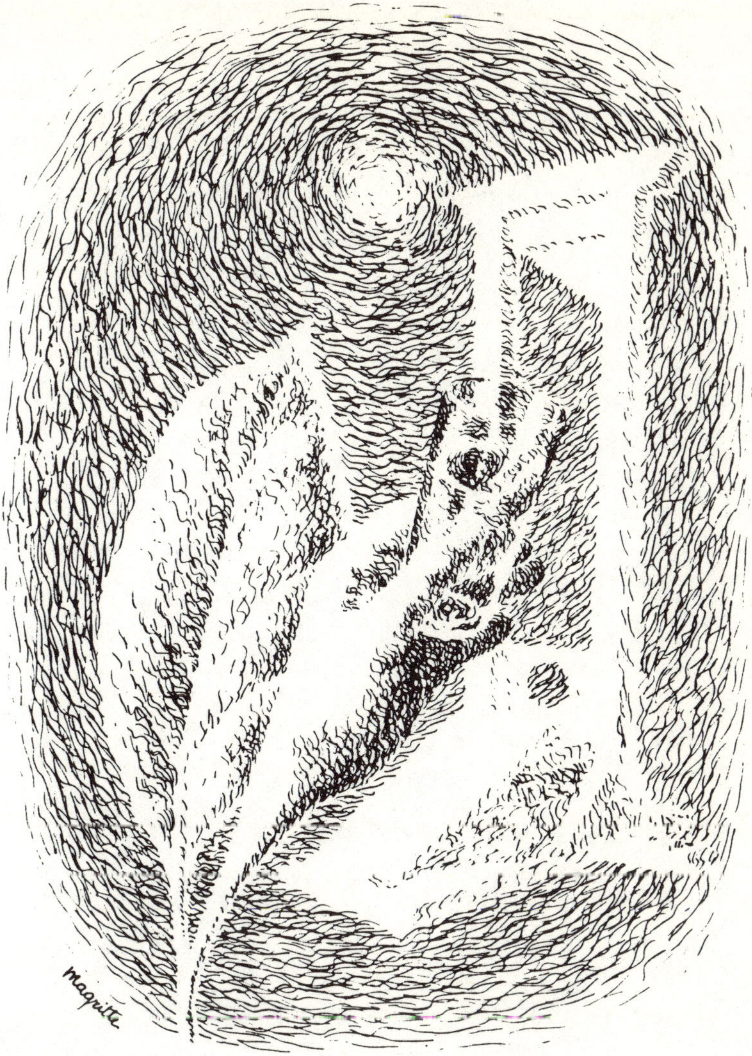

Titelzeichnung von Magritte
für die »Trilogie Noire« bei Losfeld

NACHWORT

»Unter der blutrot-schwarzen Fahne der sexuellen Unruhe«

Léo Malet hat mir einmal anvertraut: „Zwei Männer haben auf mich entscheidenden Einfluß gehabt. Beide hießen mit Vornamen André. Es waren Colomer und Breton."

André Colomer (1886–1931), war Anarchist, Pazifist, Deserteur während des Ersten Weltkrieges, Redakteur bei der Zeitschrift *Le Libertaire,* später Chefredakteur von *L'Insurgé.* Er schrieb einen Erinnerungsband *A nous deux, patrie!* (Du oder ich, Vaterland). Seine gewalttätige Lyrik wurde manchmal von seinen Kampfgenossen als unangebracht empfunden. Colomers Artikel hatten Malet angeregt, Montpellier, wo er 1909 geboren wurde, zu verlassen. Colomer war es auch, der den 16jährigen Waisen in Paris aufnahm, ihn in das anarchistische Milieu einführte und ihm so eine Familie gab, die der Junge nie gehabt hatte.

1931 war es dann André Breton, der Malet in die surrealistische Familie einführte und seine Betätigung als Schriftsteller förderte. Den entscheidenden Einfluß dieser beiden Männer auf Malets Bücher zeigt zweifellos am deutlichsten die *Schwarze Trilogie.* (...)

Der hier vorliegende erste Band der Trilogie behandelt in Romanform eine Auseinandersetzung, die die Pariser Anarchisten zu der Zeit, als Malet sich ihnen anschloß, spaltete: die Frage der „Illegalen Aktion". Sollte man dem Kapital durch „individuelle Wiederaneignungen", durch „gewalttätige Enteignungen" wie die von Jules Bonnot und den anderen „unheimlichen Banditen" einen Schlag versetzen? Gerade diese „Banditen" werden in einem der lyrischsten Kapitel von *A nous deux, patrie!* als „kühne Spieler des Lebens" bezeichnet.

Malet vertraute mir an, er wäre, nachdem er Colomer kennengelernt hatte, kurz davor gewesen, der Verführung der „individuellen Wiederaneignung" zu erliegen und das Leben eines Desperados zu führen wie die Hauptfigur in *Das Leben ist zum Kotzen.* Er begriff aber rechtzeitig, daß die „Kriminalität für einen guten Zweck" unaufhaltsam in die banalste Kriminalität abdriftet. Auf diesem Teufelskreis beruht die Handlung des ersten Romans.

Außer dem anarchistischen Engagement zeigt der Held dieses

Buches weitere Ähnlichkeiten mit dem Autor: Seine Kindheit als Waise, das Herumvagabundieren und eine „surrealistische" Auffassung von der Liebe. Darüber hinaus ist sein Name, Jean Fraiger, von Louise Refreger, dem Namen von Léo Malets Mutter, abgeleitet. Die autobiographischen Bezüge sind im 2. Band der Trilogie noch deutlicher. Dort läßt der Autor André Arnal, ebenfalls Waise, wegen Vagabundierens in das Gefängnis La Petite-Roquette einsperren, läßt ihn nacheinander im Vegetarierheim in der Rue de Tolbiac sowie unter der Sully-Brücke wohnen und Arbeitsunfälle vortäuschen – dies alles entnimmt Malet seinem eigenen Leben aus dem Jahr 1926.

Zu den Träumen und literarischen Collagen, die in die *Schwarze Trilogie* eingestreut sind, inspirierte ihn sein Aufenthalt unter den Surrealisten 1930–40. Ganz deutlich zeigt sich diese Anregung in den nächtlichen Träumen, in denen sich das Unterbewußtsein von André Arnal (in *Die Sonne scheint nicht für uns*) und Paul Blondel (in *Angst im Bauch*) ausdrückt. Für letzteren stellt das Tag-Leben lediglich ein Anhängsel des Nacht-Lebens dar, in dem der Mann mit der Eisenbrille herumspukt. Die surrealistische Komponente ist hier klar erkennbar.

Dieser Einfluß ist feiner, aber genauso deutlich in der Benutzung der literarischen Collage zu finden: Die Zeitungsartikel werden als Kontrapunkte gesetzt. Es ist jedesmal ein Einschmuggeln der Wirklichkeit in das Imaginäre, was genauso provozierend ist wie das Einbrechen des Übernatürlichen in die Realität. Durch die Plattheit des Ausdrucks und die von ihnen getragenen Klischees machen die Zeitungsartikel die Wirklichkeit und die Konformität lächerlich, unerträglich, gräßlich. Das Einbauen dieser Zeitungsartikel in den Ablauf des Romans stellt eine Entwendung in reinster surrealistischer Tradition dar.

Gerade der Gebrauch gewisser surrealistischer Techniken sowie das Fortleben eines anarchistischen Ideals geben der *Schwarzen Trilogie* die Originalität, an der es so vielen zeitgenössischen Romanen mangelt, in denen sich das „Schwarze" als eine ungeschickt eingesetzte Tünche entpuppt. So wie gewisse Naivlinge meinen, C.F. Céline nachahmen zu können, indem sie in eine Rhetorik des Pissoires verfallen, bemühen sich andere, durch Anhäufen von Grausamkeit und Kotze „schwarz" zu wirken. Was für erbärmliche Fälschungen!

Malet hat dies nicht nötig, um zur Tradition des sadeschen

Schwarzen Romans zurückzufinden, diesem Roman des Bösen, der sich des Grausamen nicht lediglich als Ausschmückung bedient. Bei Malet wie bei Sade ist die Ordnung das Böse. Und man kann dem Bösen nur entkommen, indem man Böses tut. Diese Fatalität verarbeitet Malet mit seiner Erfahrung der Anarchie: Es gibt nur zwei Menschenkategorien: die Sklaven der sozialen Ordnung und die Rebellen gegen diese Ordnung, die aber in jedem Fall von ihr zermalmt werden. Diesen Desperados liefern Traum und Sexualität kurze Illusionen. Das ist das Zentrum der Originalität und Modernität Malets.

Nachdem jene Naivlinge Céline mit einer Überfülle von Grobheiten nachgeäfft hatten, haben sie Sade mit einer Anhäufung von sexuellen Heldentaten kopiert. Im Gegensatz dazu erleben Malets Helden im Bereich der Sexualität die gleichen Fehlschläge, dieselben Frustrationen wie im sozialen oder im Familienleben. Sie sehen, wie die Liebe ihnen durch den Verrat der geliebten Frau (in *Angst im Bauch*) oder durch ihren Tod (in *Die Sonne scheint nicht für uns*) aus den Händen gleitet. Oder sie sind unfähig, ihrer Partnerin Lust zu geben. Das ist der Fall bei Jean Fraiger, dem Helden von *Das Leben ist zum Kotzen* – eine seltsame und faszinierende Figur, die in ihrem entgleisten Anarchismus Jules Bonnot, in ihrer selbstmörderischen Provokation Lacenaire und in ihrer unerfüllten Nekrophilie dem Sergeant Bertrand ähnelt.

Seitdem er um seine Mutter trauert, schläft Fraiger (im Traum) mit toten Frauen. Aus Treue zu ihr hat er sich gedanklich kastriert. Als er endlich diese Treue bricht, entsteht ein Fiasko, und er kann seiner unbefriedigten Partnerin lediglich sagen: „Ich hätte so gern gelebt." Den Polizisten, die ihn eingekreist haben, schleudert er entgegen: „Schießt auf den Schwanz." (...)

Trotz (oder wegen) eines gewissen Unverständnisses der Leser nimmt für Malet die *Schwarze Trilogie* innerhalb seines gesamten Werkes einen bedeutenden Platz ein. Zu Unrecht weniger gewürdigt als die Serie mit Nestor Burma, brauchten die drei Romane 20 Jahre, um das Publikum zu erreichen, für das sie bestimmt waren.

Warum ist Malet das Risiko eingegangen, sie zu schreiben? „Ich hegte keinen besonderen Ehrgeiz ... Ich wollte gewisse Gefühle oder wichtige Gedanken, die mich seit langem beschäftigten, und die sich im Kriminalroman mit Nestor Burma nicht vermitteln ließen, ausdrücken."

Gewiß bleibt der Kriminalroman auch mit einer so wenig konformistischen Hauptfigur wie Nestor Burma eine beruhigende Gattung. Der (Polizei-, Privat- oder Gelegenheits-)Detektiv entlarvt den Kriminellen und stellt die soziale Ordnung wieder her, die dieser gestört hatte. Wenn der Leser das Buch zuklappt, hat er den Eindruck, daß nichts Schlimmes passieren kann. Am Ende jeder Episode der *Schwarzen Trilogie* hat er dagegen das Gefühl, daß nichts gelöst ist.

Erst nach einem langen Reifungsprozeß beginnt Malet die *Schwarze Trilogie.* Der Wunsch, gewisse Gedanken auszudrücken, die er im engen und zielgerichteten Rahmen des Kriminalromans nicht behandeln konnte, taucht schon 1942 bei ihm auf, d.h. ein Jahr nach seinem Debut in der Kriminalliteratur.

1942 schreibt er *L'Ombre du grand mur* (Der Schatten der großen Mauer), dessen Handlung die Unaufhaltsamkeit des Schicksals illustriert. Ein Roman, der noch zu sehr von der Struktur der Kriminalgeschichte abhängig ist, um das Ziel des Autors zu erreichen. Erst im November 1943 wird Malets Erfolg dieses Manuskript aus der Schublade ausgraben. Mit dem Untertitel „Unveröffentlichter Spannungsroman" erscheint *L'Ombre...* 1944 bei S.E.P.E. (Société d'Editions et Publications en Exclusivité). 1946 nutzt Malet das Entgegenkommen der Zeitschrift *La Rue*, um sich ohne Einschränkung der „Schwarzen Gattung" zu nähern. Er liefert *La Rue* ungefähr 10 Kurzgeschichten, die er euphemistisch als „sanfte Märchen" bezeichnet. Am 26. Juli erzählt er in *Ein gutes Teufelchen* die Geschichte eines Jugendlichen, der seine Mutter aus dem Fenster wirft. Dieser Text wird in das 2. Kapitel von *Die Sonne scheint nicht für uns* eingebaut. 1947, dritte Etappe: Eine Novelle von 30 Seiten, *On ne tue pas les rêves* (Man tötet die Träume nicht), die in *Lectures de Paris*, einer Monatszeitschrift der S.E.P.E., erscheint. Diese Nummer fehlt in der Bibliothèque Nationale und der Autor hat das Manuskript nicht aufgehoben, da er es 1948 als Roman mit dem Titel *Sueur aux tripes* (Angst im Bauch) weiterentwickelt hat.

Im Oktober 1947 schließt Malet endlich den ersten Band der *Schwarzen Trilogie* ab. Er erscheint Anfang 1948 bei der S.E.P.E. unter dem Titel *La vie est dégueulasse* (Das Leben ist zum

Kotzen). Ein banaler Titel, den der Autor gewählt hatte, um eine gewisse Frau zu demütigen, die, so hofft er, ihn im Schaufenster der Buchläden sehen wird ...

Dieses Buch wurde nach Malets Worten ein „totaler Flop". Glücklicherweise trifft er einige Monate später Jean d'Halluin, verantwortlich für die „Editions du Scorpion", dem die Herausgabe mehrerer Romane u.a. von Boris Vian / Vernon Sullivan und Raymond Queneau / Sally Mary zu verdanken ist. D'Halluin bietet sich an, *La vie est dégueulasse* unter seinem, zu der Zeit sehr angesehenen Verlagssignet erneut zu veröffentlichen. Er ist sich des Erfolges sicher und fordert Malet sogar auf, einen zweiten Band im gleichen Stil zu schreiben.

Gesagt, getan. *La vie est dégueulasse* erscheint zum zweiten Mal im September 1948 mit dem schwarzroten Umschlag des „Scorpion". Darauf folgt im Januar 1949 *Le soleil n'est pas pour nous* (Die Sonne scheint nicht für uns). Malet schrieb diesen Band wie auch *Sueur aux tripes* in einem Zug, letzterer sollte kurz darauf erscheinen ...

Sueur aux tripes wurde allerdings nie bei der „Editions du Scorpion" veröffentlicht – wegen finanzieller und gerichtlicher Schwierigikeiten Jean d'Halluins. Der Verleger wurde nämlich nach der Herausgabe von *J'irai cracher sur vos tombes* (Ich werde auf eure Gräber spucken) von Boris Vian wegen Verstoßes gegen die „guten Sitten" mit Geldstrafen und Verboten überhäuft.

Sueur aux tripes wäre wie eine ägyptische Mumie in Vergessenheit geraten, wenn nicht ein gewisser Jean-Claude Romer, der seine „Scorpion-Sammlung" vervollständigen wollte, Kontakt mit Malet aufgenommen hätte.

Es war das Jahr 1969. Damals gab es in der Rue du Cherche-Midi Nr. 23–25 eine Buchhandlung, deren Geschichte man später noch schreiben und der die Universität nach einer angemessenen Frist von 30 bis 40 Jahren eine Fülle wissenschaftlicher Arbeiten widmen wird. In diesem Laden, *Terrain vague,* trafen sich junge Leute, Surrealisten und andere. Alle waren sie leidenschaftlich begeistert und offen für unbekannte oder verachtete Themen: den Comic, den phantastischen Realismus der „magiciens matinaux" und den B-Film (historischer Film über die Antike, phantastischer Film, Gruselfilm usw.). Unter diesen Enthusiasten befand sich auch Jean-Claude Romer, der mit Michael Caen die Zeitschrift *Midi-Minuit fantastique* leitete. Er brauchte nicht lange, um die Hauptfigur des Unternehmens, Eric Losfeld, zu überzeugen, *Sueur aux tripes* zu veröffentlichen. Der Roman erschien innerhalb der gesamten Trilogie mit einer Titelzeichnung von Magritte im Verlag von *Terrain vague.* Der Verlagsname ist übrigens die Übersetzung des flämischen Wortes Losfeld, ein Name, den Breton diesem außergewöhnlichen Verlag gegeben hatte: einer der beiden André, die auf Malet einen entscheidenden Einfluß hatten ...

Francis Lacassin

Léo Malet
»SCHWARZE TRILOGIE«

In gleicher Ausstattung wie der vorliegende Band werden erscheinen:

Frühjahr 1989

DIE SONNE SCHEINT NICHT FÜR UNS

Band 2

Herbst 1989

ANGST IM BAUCH

Band 3